悟

再 复

西游记悟语

刘再复　著

CTS 湖南文艺出版社

图书在版编目（CIP）数据

西游记悟语 / 刘再复著 . -- 长沙：湖南文艺出版社，
2021.1（2024.2 重印）
　ISBN 978-7-5404-9487-2

　Ⅰ . ①西… Ⅱ . ①刘… Ⅲ . ①《西游记》研究 Ⅳ .
① I207.414

中国版本图书馆 CIP 数据核字 (2020) 第 003283 号

西游记悟语
XIYOUJI WUYU

作　者：刘再复
插　图：戴敦邦
出 版 人：陈新文
责任编辑：吕苗莉　李 涓
责任校对：黄　晓
装帧设计：萧睿子

出　版：湖南文艺出版社
　　　　（湖南省长沙市东二环一段 508 号 邮编：410014）
网　址：www.hnwy.net
印　刷：湖南省众鑫印务有限公司
经　销：新华书店
开　本：787mm×1092mm　1/32
字　数：88 千字
印　张：8.25
版　次：2021 年 1 月第 1 版
印　次：2024 年 2 月第 2 次印刷
书　号：ISBN 978-7-5404-9487-2
定　价：58.00 元

殿羅森

自序

《〈西游记〉悟语三百则》原是在中国艺文出版社社长刘阿平敦促下匆匆交稿与出版的。阿平性格谦和，好学深思，且极为平实质朴，口口声声称我"尊敬的刘再复伯伯"。她两次到香港科技大学我寓所约稿，均被邻人误认为是我小女儿，我也姑且点头称是。由于她的敦促，我改变了《西游记》的写作计划。

本来我想和写作"红楼四书"一样，先写一部《西游记悟》，再跟大女儿剑梅一起做次对话，

写一部《共悟西游》，然后再写《〈西游记〉的
哲学意蕴》和《〈西游记〉的若干角色》及《孙
悟空论》，这样就可以把我们通常所说的四大名著
著重新阐释一遍。我并不同意笼统地妄称"四大
名著"，"四大名著"中固然有《红楼梦》和《西游
记》这样的好作品，但也有《水浒传》和《三国
演义》这样的坏作品。因为我的文学批评总是使
用两个标准，即两个大的文学视角。首先是看其
审美形式，从艺术上讲，四部长篇小说都写得引
人入胜，堪称经典，但是从精神内涵（即心灵方
向和精神指向）而言，后两部小说（《水浒传》
《三国演义》）则有很大问题，前者鼓吹"只要造
反，使用什么手段都合理"，后者则是中国心术、
心机、心计的大全，此乃中国人的地狱之门。所
以我写了《双典批判》（北京三联已出版，之后
还有英文版和韩文版）。《西游记》是中国积极

自由精神的一种象征，它表达了中国人的内心向往。本来我想写"西游四书"或"西游五书"，第一部是对《西游记》整部小说的总体感悟，也就是既要开掘《西游记》的深刻内容，也要指出《西游记》的败笔。《西游记》在写神魔世界的时候，十分精彩，但是在写现实社会和人物历史的时候，却是很失败。例如，唐僧一行取经回来以后，实际上他们已经进入佛教更高层面，但小说却把唐僧一行归结到世俗宫廷中去朝拜唐太宗，让皇帝给他们肯定，这显然是精神层面的颠倒。又如，写唐僧的来龙去脉（出身），他的父亲陈光蕊中状元，在衣锦还乡赴任江州的路上，乘坐船只。他的妻子（即温娇，唐僧的母亲）长得非常漂亮，被心怀恶意的船夫刘洪看中，船夫把陈光蕊推下水去，把唐母占为己有。接着唐母遂把唐僧放到水上，让他漂走，然后才产生玄奘这样一位高僧。这纯粹是生编硬造的故事，纯属画蛇添足。这些基本问题，过去的《西游记》研究尚未指出。如写《〈西游记〉的哲学意蕴》，我想揭示《西游记》"天地不全""自由有限"等禅宗哲学。从这个角度谈论《西游记》也是过去未曾有过。可惜因为匆匆忙忙交稿，我都不能细致加以分析，只能用自己擅长的片段写作（也可称为碎片写作），把对《西游记》的零星感悟先写出来。没想到，片段写作也一发不可收，一口气竟写了三百段。这三百段里虽然也接触到哲学和《西游记》的一些要点，但毕竟不是系统性论文，没有内在逻辑，缺少理性的论证。这种遗憾我自己是知道的，但只能留待以后补偿。

原来，我想在2020年底之前完成"西游四书"的写作，但偏偏又发现身体不适，不仅双脚乏力，也缺少写作必要的精神，力不从心，所以只好作为一种梦想寄望于未来。现在经陈志明兄介绍，湖南文艺出版社吕苗莉小姐亲自到香港向我约稿，盛情难却，我也同意《〈西游记〉悟语三百则》在湖南再出一版（编者注：即本书《西游记悟语》）。趁此机会，我向湖南文艺出版社的诸多朋友致以衷心的感谢。

刘再复

1941年生于福建，曾任中国社会科学院文学研究所所长、学术委员会主任、研究员，《文学评论》主编，中国作家协会理事。1989年出国后在芝加哥大学、科罗拉多大学担任客座教授和访问学者。刘再复既从事学术研究，又从事文学创作。他的文学理论著作《性格组合论》是1986年中国十大畅销书之一，曾获"金钥匙"奖；《论文学的主体性》等论文，曾引起全国性的大讨论，改变了中国文学理论的基础模式。学术著作有《鲁迅美学思想论稿》《文学的反思》《论中国文学》《放逐诸神》《罪与文学》《红楼梦悟》《双典批判》《读书十日谈》《文学慧悟十八点》；诗文集有《寻找的悲歌》《读沧海》《人论二十五种》《太阳·土地·人》《人间·慈母·爱》等。

西游记悟语

1

儿童时代最喜爱《西游记》。因为人之初，性本善。儿童时代天生最具善念，即童言、童心、童趣等全是天真天籁。而《西游记》正是布满善念的大书。孙悟空容不得专制帝王和各类专制权贵，哪怕是天上玉皇、地上龙土。哪里有不平等，就闹到哪里。哪里有妖魔鬼怪，就打到哪里。为人间请命，为人间除恶，为人间张扬自由平等，为人间惩恶扬善，这是中国最质朴的英雄主义。读《西游记》，就是读生气勃勃的英雄，读超功利、超时代的最高意义的善。

2

《西游记》一反儒道文化经典那种"面向过去"（以周公为坐标，包括返回儒统、道统、正统）的大思路，首次建构"面向未来"的精神大维度，为中国人展示一条向西天取经而不顾艰难险阻的全新道路。《西游记》的首创精神之一，是开创中华民族朝前看、朝前走、朝前求索的远征图景。这是旷古未有的大视野。

3

孙悟空是中国个体自由精神的伟大象征。它表达了中国人内心对自由的向往。从自然关系上说，它表达了人不受制于苍天也不受制于大地的束缚。从社会的关系上说，它又表达了人不受制于政治权力、宗教权力统治的自由意志。可贵的是，小说还表述了对于自由的正确理解，前期孙悟空表现的是无所畏惧的积极自由精神，后期孙悟空则表现自由与限定、自由与规则的冲突与和谐。其主体性和互为主体性的矛盾与化解，也得到充分表述。

4

《西游记》为中国的禅文化提供了一个意象性的说明。佛文化在印度诞生，在东南亚和中国、日本发展。这是公认的事实。但是尚未有人指出，禅对佛的发展，不是一般性的扩展，而是思想上的巨大飞跃。中国禅，以六祖慧能为代表，他把禅纯粹化，抵达"只禅不相""只禅不宗""只禅不佛"的境界。

这一境界，高行健的剧本《八月雪》作了最透彻的呈现。慧能不仅拒绝黄袍加身，谢绝进入宫廷充当"王者师"，不被政治势力所利用，而且打碎传宗的衣钵，废弃权力更替的象征之物，在此石破天惊之举中，高扬的是"只禅不宗"的旗帜，这一行为语言宣示，禅超越一切宗派门派，不仅不纳入任何政治势力的范畴，也不纳入任何宗教势力的纷争，只独立不移地站在精神领域中。禅宗，排除了宗，只剩下禅，即只剩下超现实功利的纯粹自由和纯粹独立的立身态度，这是佛教旷古未有的伟大变革。慧能本是宗教领袖，但他本人又拒绝任何偶像崇拜，既不崇拜他者，也不自满自售即不以佛自居。

《西游记》把慧能的境界加以形象化的展示，也"只禅不相"，菩提祖师实际上是个大禅师，他教会孙悟空"去我执"而赢得七十二变，"去法执"而打破时空限制，赢得一个筋斗十万八千里，最后他不满孙悟空把私授的本事显耀于师兄弟，违背"真人不露相"的禅理。露相，意味着欲望，意味着功利之思。菩提祖师给孙悟空唯一的叮嘱是让其保守师门的秘密。不让孙悟空说破出自何宗、何师、何门，这是禅而不宗。这又是一个不立宗派宗门的伟大范例。最后，孙悟空护送唐僧到了西天，被封为"斗战胜佛"，他不在乎，只在乎去紧箍咒。把自由看得高于佛，大于佛，这是"只禅不佛"。禅，即大自在，大自由。禅本身才是目的，之外没有目的，而让人崇拜也不是目的。这是《西游记》对中国文化所作的伟大贡献。

5

中国人以"儒"应世，借"道"逍遥，用"释"明心。《西游记》兼备三者，尤其是道与释。它是《庄子》之后对中国影响最大的自由书。但两者又有巨大的区别。用以赛亚·伯林的思想概念划分，《庄子》属消极自由（negative liberty），而《西游记》则属积极自由（positive liberty）。消极自由，重心是回避（合理的不作为）。积极自由，重心是争取（主动去做）。庄子的逍遥，是不依附、不参与的自由；庄子的齐物，是不竞争、不挑战的自由；庄子的混沌，是不表态、不发言的自由。这些都是合理的不作为，所以是消极自由。而孙悟空的大闹天宫与大闹龙宫，三打白骨精及大战各路妖魔，则是主动出击地扫除敌意和阻挠，所以是典型的积极自由精神。

《西游记》的前十几回书写积极自由精神的极致，天不怕地不怕敢把玉皇龙王拉下马的英勇无畏精神也表现到极致。《西游记》的下部描写释迦牟尼和观音菩萨为孙悟空设置紧箍咒，暗示人间世俗生活的原则，自由与限定的矛盾。自由不是我行我素，自由意志乃是对本能的抑制与支配，战胜山中妖魔与战胜内心妖魔的统一。后半部小说走向乏味（模式化），但思考走向深刻。自由与限定的悖论，使孙悟空陷入困境与痛苦。

6

中国文化有先秦经典、宋明诸贤构成的大传统，也有陈胜、黄巢、李自成等农民起义构成的小传统。《西游记》改变了小传统，为中国文化提

供了造反（革命）而不胡乱杀生的英雄范例。前期
孙悟空上天入地，大造三王（玉皇、龙王、冥王）
之反，反中有戏弄，有破除，但不滥杀无辜，从未
伤害过一个无辜的生命。他在大闹龙宫时，只限于
借兵器，并未用兵器在海里杀生。他大闹天宫时，
胡吃仙桃，捣乱仙桃大宴特权。但王母派来摘桃的
仙女们，孙悟空只是施法把她们"定住"，并未调戏
或伤害她们。造反中有"度"有"分寸"。大闹炼丹炉
时，也不伤及太上老君。

7

《水浒传》把武松、李逵等打扮成社会正义
的化身、救世主，可是他们本身却充满邪恶，为逼
人上山而不择手段（如逼朱全上山而把小衙内砍成

两半，如逼秦明上山而杀尽城郊百姓），以杀人为乐，这就近乎魔鬼。而吴承恩却不把孙悟空打扮成正义的代表，他的猴形妖身，似人非人，顽皮调皮本身就是对人间权威的解构。

8

唐僧在没有证据证明妖魔为妖魔时，他宁可给妖魔以"好人"的假设，不许孙悟空随意打杀。唯有如此，才能避免误杀生命与伤及无辜，实现善的绝对性。因此把唐僧简单地视为"愚氓"是不对的。当孙悟空令妖魔现出原形，证明妖为真妖时，唐僧总是欣然接受，所以孙悟空总是跟随唐僧，不弃不离，离了还会再回来，因为他知道师父胸中拥有怎样的一颗大慈悲心。

9

如果说，孙悟空是以力服人，以力服龙，以力服天，那么，唐僧则是以心服人，以心服龙（连广晋龙王太子也服而化作白马驮他走过万里征途），以心服天（连天子唐太宗也拜他为御弟）。征服人的最伟大的途径是人心，不是人力，更不是暴力。所以唐僧为师，行者为徒。过去如此，现在如此，将来还是如此。

10

孙悟空天不怕，地不怕，玉皇不怕，龙王不怕，阎罗王不怕，真真正正"无所畏惧"。然而，他却敬畏唐僧。之所以敬畏，也不仅是因为唐僧拥有

"紧箍咒"，更为重要的是唐僧拥有慈无量心，悲无量心。有这种心，他才能把孙悟空从五行山的重压下解放出来，也才能把猪八戒、沙悟净和孙悟空吸引到身边，构成一支寻找真理的队伍。而孙悟空之所以令人佩服，也在于他不仅"无畏"，而且"有所敬畏"。

11

近现代的政治，最根本的弊端，是轻易地界定人为"敌人"。我喜爱唐僧，乃是他绝对不允许这种轻率，宁可委屈孙悟空，也不随意错判他者为牛鬼蛇神。这种态度，与"宁可错杀一千，也不可放过一个"的口号截然相反，乃是一种对生命极尊重极郑重的态度，而尊重郑重的背后是慈悲，是对生命个体的绝对护爱。从表面上看，这是唐僧心肠，从深层上说，这是佛性原则。

12

孙悟空走上取经之路前夕，对龙王埋怨，说我仅杀了几个强盗，唐僧就唠叨没完。当时孙悟空虽然无比勇猛，却仍然十分幼稚，他不知道，杀戮任何一个人包括被称为盗贼的人都是大事。在唐僧心里，杀几个人，是大事件，在孙悟空那里，却是小事情。所以孙悟空才必须从头修炼，不是练武艺，而是修心性。修到懂得尊重每一个人就成佛了。

孙悟空在花果山是"美猴王"，属于被前呼后拥的"王者"；而在西行路上，他却是跋山涉水的卫兵，属于唐僧指挥的"行者"。前者安逸享乐，后者劳苦搏斗。人生往往须在二者之间作一选择。世上的聪明人多数选择前者，但孙悟空选择后者，所以号为"孙行者"。他的心性使他懂得：生命，不怕劳苦，只怕劳苦无意义。他在求索真理的路途上，每一步都踏着苦辛，也每一步都踏出意义。

13

《红楼梦》从女娲补天遗石说起，直接连上《山海经》。《西游记》虽未直接与女娲相连，但也充满《山海经》那种"知其不可而为之"的精神。天，不可补，女娲偏要补；海，不可填，精卫偏要填；日，不可追，夸父偏要追，这是《山海经》精神。孙悟空浑身都是这种精神：天宫不可闹，他偏大闹；冥府不可进，他偏挺进；真经，在万里之外不可企及，他偏与唐僧一步一步向它靠近。神能往，我亦能往，魔能往，我更能往。这是中国的原始文化精神，被孙悟空发挥到了极致。

14

《山海经》的追日精神，乃是不顾炎热追求光明的精神，《西游记》的取经精神，也是不顾艰辛追求光明（真理）的精神。夸父追日时留下的拐杖化为桃林，带给后人一片绿荫。唐僧孙悟空获取的经典，也如同桃林，留给后代的更是无穷尽的春风与星辰。中华文化之所以不灭不亡，与追日取经这种大精神息息相关。

15

孙悟空之所以成为伟大的英雄，一是靠高人指点（他远走天涯，求拜菩提祖师，学得七十二变）；二是靠自我锻炼（进入炼丹炉才能炼成烈火金刚和炼出火眼金睛）；三是靠佛把他推上正道（不走歪门邪道方能成为真英雄）。钢铁是怎样炼成的？《西游记》回答说：钢铁是炼丹炉、五行山和自身的千辛万苦炼成的。炼成后怎样发光发热？《西游记》又回答说：光热全在正道上。

16

孙悟空大闹天宫，完全没有"替天行道"的意识，也没有"替人行道"的意识。所以他既不招兵买马，也无造反纲领，完全是反抗天庭对他的蔑视，求证自己的尊严。他的许多造反行为都是被当权者逼出来的，所以如来佛祖把他关进五行山五百年是不妥当的。佛祖也往往不公平。

17

孙悟空造反而不谋反，他从未使用过计谋，包括阴谋与阳谋，也不动用心机与心术，与三国中人完全两样。三国中人个个善于伪装，善于作假，善于设置阴谋诡计，谁最会装，谁的成功率就最高。而孙悟空始终是花果山人，不装，不伪，不假，自然自由自在，与三国中的那些巧伪人，完全是两种不同质的生命。

18

作为天下武功第一，天地之间全无敌手的勇士，孙悟空竟然选择皈依佛教的道路，可见最有力量的存在，并非手拿千钧棒的英雄，而是脸带笑意的如来。这是一个伟大的隐喻：至柔可以克至刚，而至刚者可以听从至柔者。世间最伟大的力量存在于心灵之中。

19

《西游记》的佛，是个全知全能的精神体系。佛眼能看到一切，看穿一切。真假孙悟空，打得死去活来，连唐僧也辨认不出来，最后让如来佛祖一眼看穿。除了如来与观音之外，还有其他佛星。佛的逻辑是谁的善性愈强，谁就离我愈近。反之，谁在歪门邪道上走得愈欢，就离我愈远。

20

《西游记》把个体自由精神作了最为通俗化与形象化的表述。它传达了中国人民关于自由、关于解放的内心向往。这种精神向往，乃是中国人民千百年来所做的好梦。这梦不是荣华富贵梦，不是飞黄腾达梦，而是不受精神压迫的个体自由梦。

21

孙悟空以"玩闹"的方式造反，把严酷的统治秩序化为一笑。至高无上的玉皇，倒海翻江的龙王，操纵生死的阎罗王，全被他嘲弄戏弄一番，真是痛快淋漓。这位举世无双的孙行者乃是一个伟大的解构者，他用"玩闹"解构掌握统治权力的最高权威，给饱受压抑的人群，一读就赢得一次精神解脱。

22

孙悟空的生命没有负面气息。受过压抑，受过蔑视，受过打击，受过委屈，但他从不愤世嫉俗，也从不消沉颓废。他总是精神饱满地向前进击。其灵魂健康、新鲜、活泼，充满活力，一点老气、暮气、朽气都没有。多想想孙悟空，生命自然就会增长正能量。

23

孙悟空与贾宝玉的根本区别是：贾宝玉是纯粹的人，而孙悟空则是半神半人，非神非人。贾宝玉充分人性化，但人性中带有神性，所以与众不同，能身处污泥而不染。而孙悟空则神性十足，但神性中带有人性。唐僧向唐太宗介绍孙悟空时说，他是傲来国花果山水帘洞人氏，确认他是人，但此一人氏，除了籍贯古怪之外，他又完全不同于人。他虽不是神，但神通广大。他虽不是人，却又具有正直、幽默、嫉恶如仇等人性特征。孙、贾二者，均是心灵。两部伟大经典，塑造两颗伟大心灵。

24

如果必须用意识形态的语言来描述孙悟空，那么，我们可称孙悟空是个无政府主义者。他不在乎玉皇权威，也不在乎龙王阎王权威。玉皇、龙王、阎王，都是政府符号，但孙悟空觉得其存在十分荒唐，跟他们开点玩笑，没有什么不可。但他尚无能力分清开明权威和野蛮权威，也不知人世间没有政府就会乱成一团。

25

海德格尔的存在论发现人具有时间意识（动物只有空间意识，没有时间意识），死亡便是时间的标志，人生乃是"向死而生"，出生之后既走向健壮又走向死亡，因此可以说人生乃是一场无可逃遁的悲剧。但孙悟空很特别，他既不怕空间阻隔，也没有时间的限制，他的存在不是"向死而生"，而是向永恒而生。所以他是一种比人类更高级的生命存在。进化论所讲的类人猿乃是比人低级的物种，而吴承恩塑造的孙悟空则是比人更高级的类人猿。但他又不是尼采所呼唤的那种狂傲的"超人"，而是本领超凡的"平常人"。

26

孙悟空没有文化，目不识丁，耳不闻道，但也因此不受文化的污染，所以他永远天真，永远自然、自由、自在。他在花果山只食"自然果"，不吃"智慧果"，这倒是与上帝（《圣经》）的要求相符，也与《道德经》的"智慧出，有大伪"的思想相通。孙悟空之所以可爱，是因为他身上一点也没有虚伪的影子。人间的世故、圆滑、算计、机谋、伪装等，完全与他无关。

27

儒家讲修养，道家讲修炼，释家讲修心。但三家最后都力求走向共同认定的天地境界。孙悟空不修文化，但咀嚼宇宙精英，让花果山的清果和水帘洞的清水养育出一颗永恒的童心，天然地汇集三家精华，同样也可抵达天地境界。所谓天人合一，恐怕是天心与童心的合一，仁心、道心、佛心的合一。

28

开始读《西游记》时，觉得孙悟空很奇怪。而最奇怪的并不是"大闹天宫"，而是他永远没有成就感。打了许多胜仗，立了许多战功，但从来没有胜利者那种"凯旋"的感觉。进入中年时代后，才明白孙悟空完全超越人类那些胜负、成败、输赢、得失、荣辱等计较。他的神性也正是从那里得以表现。真正的伟大英雄，确实不必陶醉于世俗的所谓"胜利""成就""功勋""奖赏"之中。孙悟空没有成就感，没有胜利感，正是一种境界。

29

妖魔鬼怪的梦想是吃唐僧肉，因为他们知道

吃了唐僧肉可以长生不老。可见，妖魔鬼怪也会死亡，其阴性生命也有时间的限定。吴承恩透露一个大信息，一个好消息：妖魔鬼怪并非永恒存在。这就给人类展示了希望：人也许战胜不了妖魔，但可以和妖魔展开生命较量。妖魔会死，他们死后天下肯定会有更多的太平与安宁。

30

知爱恨，分利弊，重成败，计得失，原是人的聪明点，但也可以变成人性的弱点。孙悟空因为神性大于人性，所以也没有这种人性的表现。他对于功名、对于财富、对于权力，永远处于不开窍的混沌状态。和孙悟空讨论荣辱、功过、得失，等于和夏虫语冰。

31

孙悟空争取的自由，不是相对自由，而是绝对自由，包括超时间、超生死的自由。绝对自由在人类社会中并不存在，紧箍咒对于人类是必要的，自由还需要制约与限定。孙悟空前期反抗一切制约，后期（走上取经之路后）则接受必要的制约。孙悟空超越人类的存在状态，但又让我们感到很真实，神性与人性都很真实。这也许正是阎连科所说的"神实主义"吧。

32

孙悟空的故乡在哪里？是花果山、水帘洞吗？不是，他作为石猴入世时还不知道花果山、水帘洞在哪里。他从哪里来？肯定不是地球的某处来。真要叩问故乡究竟，那只能追寻到那个不可知的"无极"。人类最后的关怀是终极关怀，而无极中的生命，其关怀又高于终极关怀。

33

孙悟空神通广大，战无不胜，但也有局限性。几番与妖魔打仗，只打了平局，最后不得不去请天神菩萨帮忙（观音、文殊、太上老君、哪吒、杨二郎都帮过忙）。闹完天宫时翻筋斗，并撒了一把尿，才明白自己的本领再大，也跳不出如来佛的手掌。在无限"无极"之前，他的一翻十万八千里，也只是在宇宙角上的一个小小的跳跃。宇宙无涯，英雄有限。连孙悟空都有如此局限，更何况人。

34

除了孙悟空的法名带有"悟"字之外，还有猪八戒名为悟能，沙僧名为悟净，都是唐僧命的名。唐玄奘创立唯识宗，从他的命名中，也知道他强调"悟"。到了慧能禅宗，只剩下"悟即佛，迷即众"。佛教从一开始就启迪信徒的悟性，所以释迦牟尼才以"拈花微笑"启蒙"善知识"（信众）。主人公们既然以"悟"字命名，我们也应把《西游记》视为一部悟书，对其悟读，不怕人家嘲笑为"误读"。

35

佛教东传，到了禅宗，化繁为简，传至慧能，简之又简，只重一个悟字，佛教成了悟教，只有顿悟（南禅）与渐悟（北禅）之分。《西游记》的书魂是佛也是悟，佛性既是善性也是悟性。

36

海德格尔《存在与时间》描述了人的三种精神存在状态，即"烦""畏""死"。因为人有时间意识，在有限的人生中总想有所完成，于是就有许多烦恼、忧虑、牵挂，也会有许多担心、害怕与畏惧。也因为有时间意识，所以总想征服"死"，于是就求寿、祈祷、写作（文字比生命更长久），就在死神面前冲锋陷阵以求存在状态充分敞开。而孙悟空全然没有"烦"，没有"畏"，也全然没有"死"的意识（除了刚到花果山而听说"寿"的局限）。因为他的存在，超越了"人"的存在，也超越了时间与空间，存在论解释不了孙悟空。

37

孙悟空当了唐僧的徒弟，但不是唐僧的驯服工具。他拥有独立的人格与独立的神格，所以常会与唐僧争吵、赌气，甚至离队。他成佛得道，也没有充当偶像的狂喜，只求唐僧解除紧箍咒。他时而为神，时而为人，但从来不为物不作工具，不为物所役。

38

西方哲学曾把主体与客体对立，即把主体固化；而东方哲学（老子庄子）却把主体虚化，即把自我化为"无我"。而孙悟空既不固化也不虚化，只让自我流动化又自由化。所以我们看到的孙行者，是个宇宙流浪汉，既不是木偶，也不是幻象。他有血有肉，又有声有色。

39

《西游记》有意无意地展现：人，神，魔，三者有一个共同点，都怕死，都想长生不老。连妖魔也想吃唐僧肉以谋不朽。可见，"畏死"既是人的本能，也是神魔的本能。孙悟空到了花果山之后，萌生了死亡意识，所以才横渡沧海去求仙求寿，他的本领高强后，最想撕掉阎王殿的生死簿，之后他大吃蟠桃与人参果，也是希望超越死亡，超越时间限定。

40

孙悟空本事大，还是翻不出如来佛的手掌。此一故事又说明，如来所象征的至善是无限的。自由与善，本可以并行不悖，但自由如果滥用，就会离开善。一旦离开善，自由也就没有意义。什么是最高的善？有益于人类的生存与延续，才是善。自由一旦破坏了善，就会走向反面。

41

孙悟空的前期（五行山压住之前），他的生命重心是自由，后期的生命重心是行善。取经是行善，除妖是行善，护师与救人，都是行善。行善时，他的天性进入伦理，野性化为佛性，"自由"与"善"得以统一。

42

孙悟空知道，唐僧就是他的解放者。唐僧带给孙悟空新一轮的自由，但其条件是要接受制约（紧箍咒）。孙悟空既接受制约，又不断反抗制约。其正其反，都有道理。自由与限定，本是一对悖论。我行我素看似没有任何限定的自由，其实是本能与欲望的奴隶，并非真的自由。

43

在中国，人神之间及神魔之间只有一步之隔，人随时可以变成魔，神也可以随时变成魔。猪八戒原是天神，号称天蓬元帅，只因道德上犯了错误（调戏嫦娥），因此被罚入下界，成了妖魔，并闹出高老庄的丑剧。但他走上取经之路后，逐步改邪归正，又可称"神坛净者"。沙和尚原是天上的卷帘大将，只因摔破了玉盏，才贬入下界变成了河妖。中国文化相信天人可以合一，神与人、神与魔当然也可以合一。与孙悟空搏杀的妖魔，原来是神与佛的坐骑、侍从或弟子。《西游记》告诉人们：没有永恒的神仙，也没有永恒的妖魔，只有永恒的人性。

44

孙悟空神通广大但还是翻不出如来佛的手掌。这手掌，既象征佛的无边法力，也象征生命的本心。心灵如宇宙无边无际，心外无物，心外无天。人的本事再大，也逃脱不了心灵的制约。决定一切的，还是自己的心灵状态。这是《西游记》的心灵本体论。

45

对于《西游记》，既可作"无神论"的阅读，把天界、魔界、冥界都视为现实人界的变形和想象，也可作"有神论"的阅读，确认人界之外存在着一种超人间的力量，孙悟空就是这种力量的代表，他不受时间的限制，不受空间的限制，不受死亡的限制。他可以穿越人界而看清神仙世界与妖魔世界。我们无法判断，作者吴承恩是有神论者还是无神论者。但可判断，他的《西游记》充满现实精神，并非神话。还可以判断，此小说，乃是自由之书，并非宗教之书。

46

释迦牟尼，其"报身"是《西游记》至高无上的如来佛祖，全知全能的精神明灯，既出面把孙悟空送入五行山下，又喜爱孙悟空，让孙走上取经道路。途中保护唐僧和援助孙悟空的也都是他属下的诸佛，有时他甚至自己出面帮助孙悟空，例如帮助真悟空驱逐假悟空。《西游记》中的佛祖佛王，重唐僧，重孙悟空，重善性，重个体自由。

47

从《西游记》中可以知道，人、妖（魔鬼）、神（仙）三者的区别只在于"欲望"。人有欲望的权利，但不能充当欲望的奴隶和欲望的人质。魔鬼之所以是魔鬼，就在于他们欲望过度燃烧，以致企图吃唐僧肉而幻想长生不老，便走火入"魔"。正当地争取长寿是人，企求长寿无边而想吃唐僧肉，则越过人的边界而滑入魔界。所谓神仙，则是欲望的满足，除了丰衣足食之外还有歌舞美女，也不愁死亡。魔鬼也有人的外形，甚至有美女的外形，但如果心地不良，心脉充满欲望，就会现出其妖精原形。佛乃是调节人性欲望的宗教，它告诉人们，太贪、太痴、太嗔，都是欲望过分燃烧，都是魔变的开始。前期孙悟空，虽天真活泼勇猛，但也有求寿求长生不老的欲望。大闹天宫，本是维护个人的尊严，属于戏闹式的精神反抗，无可非议，但最后已产生"皇帝轮流做，明年到我家"的欲念，这就有走火入魔的危险了，所以如来佛才出面用五行山囚禁了他，然后又给唐僧紧箍咒以制衡这位天不怕地不怕的英雄。有制衡，孙悟空才未变成魔而修成佛。

48

德国哲学家叔本华之所以悲观，是因为他觉得人永远无法战胜心中的魔鬼，欲望满足了，还会产生更大的欲望，无法成神。他喜欢佛教，恐

怕也在于他知道佛可调节、制衡欲望。王阳明说
"破山中贼易，破心中贼难"，也是深知破除欲望最
难。破了即成神，胀了即成怪，疯了即成魔。从
这个意义上说，人妖之间，神魔之别，确实只在
一念之差。

49

《西游记》的理想国是佛教天国，与后来洪
秀全的太平天国最大的区别是，佛教天国绝对戒
杀，反对暴力，反对流血。连妖魔鬼怪只要他们
不伤人、不吃人，佛也给出路，只要放下屠刀，
仍然可以回到天国。儒家的乌托邦是"礼运大同"，
庄子的乌托邦是回归原始无识无知的乌有之乡，
康有为的乌托邦是大同世界。实用主义的美国也

有乌托邦，贝尔的小镇天国，桑德尔的反自由主
义的美德王国，等等，都是乌托邦，但都是"心造
的幻影"。

50

《西游记》中的佛，是文学化与理想化的
佛，它赋予佛祖多重象征意蕴：一、象征永恒；
二、象征无限；三、象征全知全能；四、象征绝对
道德精神。佛无时不在，无处不在。佛在宇宙中，
也在大众心中。佛是主宰者，又是冷观者，还是解
放者。《西游记》中多次出现"解放"一词。孙悟空
既被佛囚禁于五行山中，又被佛所"解放"。佛普度
众生，包括普度妖魔鬼怪。佛的慈悲之所以是无量
慈悲，就因为只要妖魔降服，佛也给予宽恕。佛教

拥有最大的宽容与恕道。

51

悟空，是《西游记》主角的名字，也是这部小说的根本题旨和哲学内核。佛学讲色空，不承认物质世界的实在性，所以才展示梦幻世界与神魔世界。《西游记》的色空观念特别彻底，它对天上宫廷的实在性不予承认，所以孙悟空才去戏弄一番。第七回之后，《西游记》则大量地展示妖魔鬼怪的虚幻，绝非实在。可惜唯有孙悟空看穿其空，而唐僧反而落在徒弟之后。《西游记》告诉我们：宫廷没有实在性，玉皇没有实在性，龙王没有实在性，阎王没有实在性，妖魔鬼怪没有实在性，甚至西天的极乐世界也没有实在性。孙悟空的千钧棒，其伟大意义，不仅在于它能打败一切妖魔，而且在于，它打破了人世间的一切幻想与幻象，让人们看到自己追逐的一切，最后都归于空无。

52

《红楼梦》与《西游记》的哲学基点，都是色空。贾宝玉的生涯也是"悟空"的生涯。《西游记》除了和《红楼梦》一样悟到荣华富贵没有实在性之外，还悟到妖技魔术也没有实在性。妖魔鬼怪的一切聪明、一切伪装、一切骗局，归根结底也是原形毕露。换言之，妖魔鬼怪无论变成怎样美的美女，也无论拥有怎样高的招数，最后的真实，都是一堆骷髅，一缕青烟。再"好"也是"了"，再变也是不变。

53

    《红楼梦》通过色世界而悟空，以有证无；《西游记》通过空世界证空，以无证无。天宫、龙廷、阎王殿，妖魔鬼怪，本是虚无世界，人们往往信其有，但孙悟空的金箍棒，却证其本体皆是空。《红楼梦》用色世界作铺垫，然后把空悟透。《西游记》把虚幻世界彻底展示，天兵天将与妖魔鬼怪都作铺垫，同样也把空悟透。《红楼梦》在色世界的顶峰上发现，世界原来是白茫茫一片真干净。这就把空悟透。《西游记》在无世界的顶峰上发现，原来所谓玉皇大帝天兵天将都是纸老虎，他们敌不过一只石猴，即敌不过一颗自由的心灵。《西游记》的空世界之中也有色世界，它让唐僧师徒先经历色世界，然后再悟到这世界并不真实，到头来只是一个空。《肉蒲团》的问题是只展示色世界、肉世界，没有空意识，没有看透，只有痴迷、执迷、肉团迷，变成下流的诲淫之书。当代一些所谓"下半身"写作出来的小说，也是只展示色世界，离"悟空"很远。

54

孙悟空的第一个老师是教他七十二变的菩提祖师，第二个老师是会念紧箍咒的唐僧。前师教他本领，后师教他心性。二者缺一不可。前者授予"才"，后者授予"德"，孙悟空对两位老师均极为敬重。最后他成为"斗战胜佛"。斗而能胜，要靠本领。斗而能善，要靠心性。成佛之后紧箍咒也随之免除，因为此时他已德才兼备，无须监督，可"从心所欲，不逾矩"。

55

孙悟空成为顶天立地的天才，有其先天条件。他作为石猴破土而出时，就不同凡响，敢于挑战龙廷。但是他敢大闹天宫，却是在向菩提祖师学艺之后，没有祖师教他腾云之术和七十二变术，他怎能与天兵天将较量？成了天才之后，还有一个天才的心灵走向问题，《西游记》精神内涵的完整性，就在于它还描述了孙悟空把心灵纳入佛性的艰难历程，从而提供了一个天才的生命全信息。

56

佛的大慈悲，有一重要表现，是相信人有瞬间而变的可能。人在瞬间中破了我执之后，可以放下屠刀立地成佛。一旦放下屠刀，大慈悲者便不查其过去的历史，不计其往昔的罪责。这是何等的宽容？！猪八戒、沙和尚都曾骗人、杀人，但一旦皈依，佛则接纳，让他们走上取经的道路，向佛靠近，最后猪八戒成了净坛使者，沙僧成了金身罗汉。人是会变的。只要变好变善，就行。不翻旧账，这是佛的长处。

57

孙悟空既是自由精神的载体，又是自然精神的载体。老子曰"人法地，地法天，天法道，道法自然"，视自然为最高价值。孙悟空无父无母，无兄无弟，由天地生，靠天地养，不着文字，不知文化，但也不受文化污染，不为概念遮蔽。于是，他总是单纯、天真、耿介，不知功名为何物，也不知权力财富为何物。《西游记》文化，乃是形象性的庄禅文化、道释文化。两种文化的相通点乃是崇尚自然。孙悟空既是自由的化身，又是自然的化身。五行山之前，他是自然（石头）的人化，五行山之后，他又是自然的佛化。但不管是人化还是佛化，孙悟空还是孙悟空，混沌、天真、勇敢、幽默、英勇而质朴、聪慧而善良。

58

孙悟空身上的基本品格是勇敢、无畏、正直、天真，而这些品质恰恰是多数中国人所缺少的。比较一下"三国"中人，那些伟人们多么世故、圆滑、虚伪、善谋。他们也被称为英雄，但孙悟空的英雄气充满小孩子气，而三国伟人的英雄气却充满老狐狸气。换言之，孙悟空充满花果山的青春味，而三国伟人们则充满妖魔味和"火云洞"（妖住处）骷髅味。

59

孙悟空乃天地所生，他没有"家庭"，没有家国之累，赤条条来去无牵挂，也无须为家庭争面子，完全没有"荣宗耀祖"之思，即完全没有世俗之累，所以赢得大自由大自在。相比之下，猪八戒太多世俗之念，太贪小便宜。这两个形象，一个完全扬弃了中国国民性的弱点（孙），一个则深深烙下中国国民性弱点（猪）。对于中华民族而言，孙悟空的巨大意义，在于他呈现了民族性的出路。

60

前期孙悟空的弱点是英勇但不知责任，想到可当"齐天大圣"，没想到应当"与人分忧"，"与天合一"。后来当上唐僧的徒弟，走上取经之路，便生长了责任感，多了一份人间关怀。所谓大圣，仅有力量是不够的，还需要有对他人与对社会的关怀。取经之前的孙悟空，是行者（尽管属天马行空）而非圣者，取经成佛之后，他倒是成了自由的圣者。

61

在取经路上，唐僧多次念紧箍咒，多次委屈冤枉孙悟空，甚至把孙悟空开除出取经队伍，销其队籍，但孙悟空始终敬爱唐僧，追随师父，因为他有一颗善良心灵。此心与师父的慈悲之心息息相通，息息相连。心灵相通，才是最坚韧的情感纽带。孙悟空尽管眼力比师父强，但尚未抵达唐僧的心灵水平。在唐僧的大慈悲情怀里，是绝对不可以轻易给人戴上帽子的，在拥有充分证据之前，他宁可作"非妖魔"的假设。孙悟空虽然不能完全理解师父，但能感受到师父慈悲的心跳。这一双师徒，事事相争，又心心相印。他们是人类文学史上一对最可爱又最有诗意的师长与学生。

62

唐僧不仅大慈悲，而且大聪明，他知道阳光下最宝贵的是人的生命，每一个生命都值得尊重。他当然也憎恨牛鬼蛇神，但随意断定他者是牛鬼蛇神，给人做"牛鬼蛇神"的判断，是大事件。因此他宁可相信冒充人类的妖魔，也不肯误杀任何一个好人。这与现代聪明的蔑视个体生命的政客很不相同，现代社会充斥冤案，牛鬼蛇神照样横行无忌。

63

《西游记》给中国人提供两项价值无量的精神坐标，一是孙悟空的勇气，二是唐僧的信念。前者之可贵，不在于一般的勇气，而是积极争取个体自由的勇气。后者之可贵，也不在于一般的信念，而是对于慈悲的绝对性信仰。为此信仰，他舍弃一切世俗欢乐，选择万里跋涉的征途，宁要八十一难，也不要荣华富贵。唐僧的价值观，将滋养中华民族的千秋万代，而孙悟空的自由精神，将永远激励人们去挣脱沉重的专制主义锁链。

64

　　自由与限定，这是一对永恒的矛盾。没有限定的自由，会导致人类生活的不可能。没有自由的限定，会导致心性的枯焦和死灭。孙悟空与唐僧，展示了这对矛盾，其纠葛和解脱，都深藏理性的诗意。这是善与善的矛盾，真与真的冲突，心与心的张力，而且是追求正义（孙）与追求和谐（唐）两者的悖论。

65

中国的凡夫俗子，成功者如西门庆，善于穿梭在市场与官场之间，生意兴隆，妻妾成群，但不知人生意义。不那么成功的，则如猪八戒，只能在市场与官场之外沾一点食色，讨一点便宜，虽对社会并无大碍，但对社会也无补益。这种角色，更适合生活在"猪的城邦"（格劳孔的语言），不宜生活在"人的国度"。但当下的人类社会，却布满西门庆与猪八戒。

66

猪八戒身上有许多可笑之处，但最致命的缺点是自私。心胸被贪婪所占据，见到食与色，就激动，就亢奋，只想多吃多占，不想多劳多辛苦。有点小本事，但几乎不献给他人，只想到自己。有点小聪明，也很少用于正道，倒是会在歪门邪道上耍出小伎俩。要看国民劣根性，猪八戒倒是一面镜子。其参照作用，远胜于阿Q。

67

论外形，猪八戒似猪，孙悟空似猴，都属动物。但论起"性情"，二者却大不相同。猪八戒满身动物性，孙悟空却满身植物性。植物只需阳光与水，没有肉欲与性欲的渴望，而动物则充满食的饥渴与色的饥渴。此外，树木总是独自挺立，正直洁净，而动物则常常爬行于人前与地上。孙悟空既是神性大于人性，又是植物性大于动物性。猪八戒往往相反。

68

唐僧几度被魔鬼所骗，几度被魔鬼所俘，几度差些被魔鬼吃掉，但他还是依靠孙悟空的超常本领和自身的超常信念，一步一步地走到灵山。能够完成这段征程，原因多个，而最重要的是佛在他心中，佛的感召力化作唐僧师徒的凝聚力。这种力量是看不见的无形千钧棒，它粉碎了征途中所有的困难和诱惑。对付妖魔，孙悟空手里有钢铁的千钧棒，唐僧心里也有钢铁的千钧棒。

69

唐僧一行路过西梁女儿国时，美丽绝伦的女王真心爱上唐僧，她愿把王国赠予唐僧，让唐当国王，自己为后。面对这位绝色女王，孙悟空的千钧棒无能为力，只有唐僧自己的心力可以渡此难关。渡鬼门关易，渡美人关难。

70

吴承恩在《西游记》中塑造了猪八戒这个形象，初衷也许只是为了使作品增加一些喜剧感，可是，这个形象却为读者提供了一个中国国民性的样板。换句话说，了解猪八戒这个形象，便可了解中国国民性的大半。老猪是那么自私而粗俗，平素懒洋洋，可是一听到有好吃好喝或有漂亮女子，精神就来了，而且迫不及待地想弄到手，完全不顾他人的痛苦和不幸。在高老庄，他隐瞒自己的猪相，骗取了良家姑娘的婚姻，只顾自己取乐，完全想不到会给别人造成怎样的灾难。在中国，这种贪图一己之私而不惜毁灭他人青春与前程的事情经常发生。

71

孙悟空费了很大的心思，甚至钻入铁扇公主的肚子里拳打脚踢，才借出芭蕉扇，可是猪八戒却在唐僧、沙僧面前谎称这是他的功劳。他对孙悟空不仅不感激，而且还想吞食孙的"战斗成果"。猪八戒这种不诚实，包含着冷酷的贪婪和自私。孙悟空作为师兄，一路拼杀，丰功伟绩，但猪八戒始终未能心悦诚服地加以颂扬和礼赞。他长得很丑，却很在乎自己的面子，他的小聪明使他明白，师兄的光辉也有损他的面子。

72

中国世俗社会，其众生大约也是唐僧师徒似的三类人，一类是本事很大、心地很纯的优秀精英，如唐僧、孙悟空；一类是本事一般但老实厚道的普通人，如沙僧；还有一类则如猪八戒，这是本事一般、心思却相当复杂的凡夫俗子。中国历史上能够造反并坐上龙位或英名远播的，多数是第三类人。像刘邦、朱元璋等，原先都是猪八戒。

73

唐僧、孙悟空到西天取经，一路拼搏。他们的战斗生涯，最艰难的并非战胜妖魔鬼怪，而是战胜自己。即胜洞穴中之魔怪容易，胜自己心中的魔怪很难。猪八戒到了灵山，也没有战胜自己心中的贪婪、自私、狡黠等等。孙悟空一路上几次灰心，几度消沉，他克服自己的委屈、计较、顽皮等，比克服红孩儿、白骨精等还难。至于唐僧，他经受巨大的诱惑，要克服突然冒出的欲念，也不是简单的事。几回在美女妖魔之前挣扎，与其说是与魔鬼搏斗，不如说是和自己搏斗。孙悟空斗不过妖魔时，还可以去求天神与菩萨帮忙，而与自己身上的鬼怪搏斗，神仙则一点也帮不上忙。

74

自从孙悟空在《西游记》中诞生之后，中国人其实就有了一个伟大的榜样：保持天生的单纯、正直与善良，穿狂风巨浪去向高人学得一身真本领，为自由与尊严敢于挑战任何帝王权威，行为过度时甘受五行山惩罚，得解放后神通广大却愿意接受约束，随心所欲而不逾矩，战功赫赫而无成就感，战果累累而从未喜形于色，即使成佛成道，也无佛相道相，只存一颗平常心，漫漫生涯只做好事，冥冥之中只知尽责。

75

自从唐僧形象在吴承恩笔下形成之后，中国人的价值观便有了一个伟大的飞跃，即知道有一样"东西"价值无量。这"东西"比帝王的宝座更尊贵，比天宫的荣华更耀目，比财富美色更珍奇，比生死荣辱更重要，它值得人们为之献身，值得人们为之经受任何苦难，值得人们为之舍弃一切。这种"东西"，就是真理。在唐僧时代，真理就是佛经。唐僧是这一真理的绝对追求者。他告诉中国人，人世间什么是最高价值。

76

猪八戒只有美食意识、美女意识和各种低级潜意识，如求生意识、谋生意识等，但他没有奉献意识，没有道德意识，也没有个体尊严等高级意识。其长处是没有什么深心，也没有什么机心与野心，所以他成了很好的逗趣对象和取笑对象，但绝对成不了人们的尊敬对象。吴承恩没让如来给予封佛，即未让他成为人们烧香致敬的对象，只让他担当"净坛使者"享受供奉，如此安排，非常恰当。

77

孙悟空作为英雄，其最大的弱点是缺少精神向往。因此在漫长的取经路上，他只能成为唐僧的卫士，很难成为唐僧的知音。对于佛，他也只有崇拜，未能真有理解。他与诸菩萨交往，也都是实用性来去，从未有过灵魂共振。我们可以赞美孙悟空的身心雄伟，但不能说孙悟空精神世界丰厚广阔。

78

孙悟空的杰出，主要是表现于行为语言，而不是口头语言。他的行为都是大行为。前期的行为（大闹天宫等）惊天动地，后期的行为也石破天惊。他不算志士，但确确实实是个战士。前期是为自由而奋斗的战士，后期是为真理而奋斗的战士。他的行为语言写在天空中，写在森林里，写在沧海中，写在长征的大地上。所以，我们一提起孙悟空，就神旺，就快乐，就意志飞扬。

79

《西游记》把猪八戒的小生产者性格写活了，他一出现，就让人开心。中国太多猪八戒，太多这种自私而不自知、贪婪而不自明的人。正因为人间太多猪八戒又不自知自明，所以佛教才要呼唤"去我执"。人的国度已变成"猪的城邦"，国民们还充满猪的执着，不知解脱，这还了得？！中国几千年的农业社会，以种植小耕地和家养小牲畜为生，深知牲畜的性情，却被畜性所浸染。《西游记》提醒中国人，不可像猪八戒那样生活：整日想入非非，却不得要领，不知活着为什么。基督教重在鼓励人们进入天堂，佛教重在提醒人们摆脱地狱。这地狱，就是"我执"与"法执"。自我是自我的地狱，而且是最难冲破的地狱。猪八戒执迷于色，执迷于那些渺小的欲望，便是陷入自我的地狱。高行健在《逃亡》剧中说，自我的地狱随身性特别强，它会跟着你走到任何一个天涯海角。猪八戒已走到天宫里去了，即已走入天堂，但还是要调戏嫦娥，并由此被贬入下界，所谓掉入地狱，掉进去的正是自我的地狱。

80

基督教《圣经》的《旧约》给人巨大的精神压力，佛教虽有戒律，但没有这种压力。紧箍咒是佛祖外加给孙悟空的，大英雄需要大约束。可惜许多帝王、元首、总统都不知道这个道理。大人物一旦失去大约束，就为所欲为，变成大坏蛋。许多大人物都成了大坏蛋，原因就在于此。

81

《西游记》具有四对双边结构，一是唐僧与孙悟空的师徒结构，二是孙悟空与猪八戒的师兄弟结构，三是天人互补结构，四是神魔、人魔互动结构。第一对结构蕴含自由与限定、英雄与圣贤互补的哲学提示；第二对结构蕴含真谛与俗谛、本真角色与世俗角色的区分、矛盾、对照等哲学提示；第三对、第四对结构则是中国天人合一、人神同台、物我不分的形上思路的呈现与展示。这四对结构使《西游记》精神内涵更深邃，又使小说的审美形式更多彩多姿。

82

文学事业是心灵的事业，观察文学，不是观察其"风动"与"幡动"，即不是关注其故事情节，而是关注其"心动"即心灵信息。以此观之，便可看到，《水浒传》充满凶心与忍心（缺少不忍之心），《三国演义》充满机心与野心，唯《西游记》与《红楼梦》充满童心与佛心。孙悟空的童心经过佛的洗礼，变成佛心。所谓佛心，乃是慈无量心，悲无量心，舍无量心，喜无量心。而童心则只是单纯之心与真挚之心。贾宝玉走出贾府之前，仅展示童心和佛性，离家之后，他的童心将会有一番向佛心提升的过程，那是另一番故事，可惜曹雪芹没有完成。

83

《西游记》中打得最为激烈，也是胜败最难分晓的战斗，是真假孙悟空的较量。首先是难断谁真谁假，连唐僧、太上老君、观音菩萨都分不清，最后只好请佛祖亲自判断。这段故事说明，真我与假我的搏斗最为激烈也最为艰难，人要认识自己与战胜自己，绝非易事。去我执，不是除却真我，而是除却假我。但假我坚固而强大，极难战胜，往往比战胜外部妖魔更难。

84

《红楼梦》里的真假宝玉也有一番"假作真时真亦假"的纠葛，那位甄宝玉见到贾宝玉之后，说了一通立功、立德、立言的酸话，让贾宝玉非常失望。两人的外形一模一样，但内心却完全相反。贾宝玉是宝玉的本真角色，甄宝玉是宝玉的世俗角色。人（个体）自身的分裂，使得人不认识自己，世俗角色远离本真角色，世俗角色不认识本真角色，最后，世俗角色又教训本真角色，这是人类普遍的悲剧，难以发觉又非常不幸的悲剧。无数的聪明父母与教育者正在处心积虑地教育下一代如何当好甄宝玉，即当好世俗角色，教育主体并不知道何为本真角色。

85

在中国两三千年的文学发展史上，喜剧文学不丰厚，但产生了两部伟大的喜剧作品，一部是《西游记》，一部是《儒林外史》，后者把千百万中国士人所追逐的科举制度化为一笑，而《西游记》则把森严的专制等级统治制度化为一笑。这两次千古笑，让饱受压迫、饱受苦难的中国人民也跟着粲然一笑。《西游记》用最通俗的艺术形式传达了中国人民内心的愤懑与向往，这是关于反抗专制与向往自由的吼声与笑声。中国倘若有一个上帝，而且设置了"喜剧精神自由奖"，第一个应授予庄周，第二个应授予吴承恩，第三个应授予吴敬梓（《儒林外史》作者）。

86

五百年来，四大文学名著天天都在塑造中国的民族性格，时时都在影响中国的世道人心，不但影响下层社会，也影响上层社会。其影响，不用说萨特、福柯比不上，即使马克思、列宁，也难企及。因为理论家只能影响人们的头脑，而四部名著则扎扎实实地熏陶人们的心灵，进入潜意识深处，形成集体无意识，即新的民族性格。

87

　　二十一世纪开始之后，我赢得了一次解脱。
这是从习惯性的人文枷锁中走出来的解脱。学问
的姿态，写作的腔调，高头的讲章，等等，都是枷
锁。姿态就是"相"，就是"表演"。《金刚经》提示
人们去"我相""人相""众生相""寿者相"，但没有提
示人们去"学者相""作家相"。有这两种"相"，就会
丢失表述的真诚。十年前，我就在《二十一世纪》
上写道：当代学界太多学术的姿态，太少追求真理
的热情。换句话说，是太多"相"，太少"心灵"，太
多"要什么"（功利），太少"什么也不要"。这就不
真诚。其实，无目的，无企图，为学而学，为诗而
诗，无相无姿态，才是真学人真诗人。孙悟空作为
大英雄，他没有一点英雄相，更没有半点救星相。
单纯勇敢的他，见不平就反，见妖魔就打，见菩萨

就敬，见假面就揭，绝无人世间那些姿态与酸气。

88

提起孙悟空，年青时总是想到他"三打白骨精"，如今年迈了，却更佩服他的"三闹帝王殿"，即大闹玉皇殿、龙王殿、阎王殿。痛打人人厌恶的妖魔难，痛打人人害怕的帝王更难。挑战两者都需要勇气，但挑战后者更需要胆识。前者是坏蛋，后者是权威。与白骨精较量，即使失败也属英雄；而与帝王较量，失败了便是贼寇。

89

　《西游记》没有写成《封神演义》，很了不起。唐僧与孙悟空最后均被封佛，但吴承恩没有把自己的作品写成"封佛演义"。《封神演义》属三流小说，其致命伤是书中只有"风动""幡动"而没有"心动"。《西游记》则不仅有精彩的风幡之动，而且更有精深的心动。其童心，其佛心，其相兼的英雄心与平常心，都写得极其真挚动人。不像《封神演义》那样，只有离奇情节，没有心灵诗意。

90

在孙悟空的词典里，似乎没有"困难"二字。说他在取经路上历尽"艰难险阻"，那是读者的描述，并非孙悟空的感觉。他完全没有世俗的长吁短叹，没有人类的悲喜歌哭，也没有神气鬼气酸气朽气等。他有猴气，那是孩子气而不是流氓气；他有虎气，那是英雄气而不是霸王气。他的生命，是充满朝气和勇气的气场。

91

康德写过《何为启蒙》的著名文章。他所定义的启蒙乃是对勇敢精神的唤醒。从这个意义上说，孙悟空的故事是最好的启蒙故事。他的行为，是对奴隶性蒙昧的提醒。它启迪人们：无论是在帝王将相等各色权威面前，还是在妖魔鬼怪等各种邪门歪道面前，人都不可以失去自己的尊严与勇敢。

92

在中国文学中，我最爱两颗心灵：一颗是柔性的，《红楼梦》中的贾宝玉；一颗是刚性的，《西游记》中的孙悟空。两颗心灵原先都是石头，通灵后却变成至柔与至刚。至柔者在脂粉钗环的包围中生活，至刚者在妖魔鬼怪的包围中打拼。尽管环境极为不同，但都通向至真至善至美的诗心。所谓诗心，乃是我们所梦想、所向往的跳动于未来的心灵，是人类此刻还不具备、但以后可能成为现实的心灵。这种心灵，简单混沌，却很丰实。这种心灵现实感并不强，但它又传达了现实人的向往。

93

中国的文学四大名著，从审美形式（艺术技巧）上说，都堪称经典。但从精神内涵上说，双记（《红楼梦》与《西游记》）与双典（《水浒传》与《三国演义》）则有天渊之别。双记是好书，双典是坏书。具体地说：《红楼梦》是中国的情感集成；《西游记》是中国个体自由精神的象征；《水浒传》是中国农民革命的圣经；《三国演义》是中国心机心术的大全。中国人从小就读这四部经典，即从小被这四部小说所塑造。如果说，传统的中国人是被老四书（论语、孟子、大学、中庸）所塑造，近现代中国人则更多是被新四书（红、西、水、三）所塑造。所以现在可以看到四种中国人，即三国中人、水浒中人、红楼中人、花果山人。前两种人已在统治中国，后两种人则极为稀少。

94

文化地缘学常研究"气场与人"的关系。气场确实会影响人的气质、性情等，例如中国的幽燕多豪气，出了许多侠客；浙江多戾气，就出了勾践、鲁迅等许多不屈不挠的硬汉子；五台山、峨眉山多祥气，那里就出了许多著名的和尚圣僧；旧上海多市侩气，就出了许多大流氓。《西游记》中，唐僧身上拥有许多祥气，孙悟空身上则有许多勇气，猪八戒身上大半是俗气，而沙僧比较实在，让人感受到的是拙气。《西游记》第三十九回写道："那八戒上前就要度气，三藏一把扯住道：'使不得！还教悟空来。'那师父甚有主张：原来猪八戒自幼儿伤生作孽吃人，是一口浊气；惟行者从小修持，咬松嚼柏，吃桃果为生，是一口清气。"这段书写，以"气"识别不同生命，让我们知道，孙悟空一身清气，猪八戒一身浊气。勇气加清气，正是真英雄。俗气加浊气，则是猪王国。

95

孙悟空是人吗？如果是人，他是什么人？这个问题从少年时代就在我的脑子里回旋。后来，我终于明白，孙悟空乃是"宇宙人"。他的存在是宇宙存在，他的生命速度乃是宇宙速度（一个筋斗十万八千里不是人间速度），他的眼睛乃是宇宙眼睛（千里眼），他的武器乃是宇宙武器（可无限伸延、可顶天立地的千钧棒）。因为是宇宙人，所以他没有地球人的长吁短叹，没有世俗人的喜怒哀乐，也没有什么困难感、成就感，甚至也没有生老病死的苦恼。那些庞大的权力财富，那些不可一世的宫廷权威、帝王将相，在他眼里也不过是些转眼即逝的"劳什子"。他永远充满活力，其生命没有儿童时代、青年时代、老年时代的划分，他不仅生活在时代之外，而且生活在时间之外，完全是个超生死、超时间的存在，也可以说是超存在的存在，因此，他彻底地挣脱了人间锁链，成为大自由人。

96

贾宝玉到地球走一回，虽看透功名利禄，却还未扬弃脂粉钗环。而孙悟空则与世间的一切毫无瓜葛。他乃是天地所出，唐僧介绍他时，称他为傲来国花果山水帘洞人氏，其实连籍贯也没有，正因为他无牵无挂，所以赢得了最高自由。不像贾宝玉那样，还得对父亲心存畏惧，也得屈从父母安排的婚姻与世俗生活。可惜世间并无孙悟空，这位花果山人，只是吴承恩的梦中人而已。

97

贾宝玉和孙悟空这两个石头变来的生命，到地球走一回，同样都发现人间妖魔。孙悟空发现后穷追猛打。贾宝玉则发现另一种妖魔，这就是功名利禄。孙悟空与贾宝玉都感觉到，地球人全被名缰利索所困，也全被妖魔鬼怪所骗，所以把短暂的人生全抛入虚幻的追逐之中。妖魔鬼怪总是用美色装扮自己，功名利禄也涂抹种种色彩，二者殊途同归，归于对人的毁灭。

98

吴承恩称孙悟空为心猿。人生来不自由，心生来也不自由。于是，人类便想象出一种让心灵自由驰骋的生命，从心中产生，又可代表心灵的生命，于是，就想出自由自在、神通广大的心猴子，这便是心猿。心猿可以飞天，可以入地，可以抵达心灵无法企及之处，实现生命全部梦想。

99

《西游记》中的众多妖魔，有三个共同点。一是善于伪装，二是都想长生不老，三是都喜欢喝人血、吃人心。其实，三项都是人性弱点。妖魔或装成美女，或装成孤老，或装成帝王，甚至装成唐僧和孙悟空，都是为了骗人。不诚实，会骗人，这是人性的基本弱点。而畏死，这乃是本能。尤其是拥有巨大权力、财富、功名之后，更怕死，更想长生不老，如秦始皇，就拼命寻找长生不老药。至于喜欢喝人血、吃人心，许多帝王将相、达官贵人，都是食客，其实，我们所经历的岁月，就看到许多"抉心自食"和逼人"交心而食"的现象，只是自己当了吸血鬼与食心者而不自知，或知而不承认。

被五行山压了五百年，这对于孙悟空而言，只是瞬间；蟠桃，人参果，几千年一熟，这对于神仙而言，也是瞬间。孙悟空作为理想形象，乃是不死不灭不亡即超越时间限定的英雄，唯有此等英雄，才不怕权力压迫，才不怕火炉烧烤，才不怕妖魔加害，也才不怕天上玉皇、地上龙王、阳间豪强、冥界阎罗等，也才能摆脱天堂的诱惑，地狱的威胁，获得真自由、大自由。可惜这一切只是文学所编织的梦。

100

唐僧一行到了比丘国之后，发现国王萎靡不振，中了"妖气"。妖魔鬼怪除了妖身、妖心、妖伎俩、妖组织之外，还有妖气。妖气看不见，但它却四处弥漫，甚至会覆盖一切。妖气即妖魔氛围，它能迷惑人、毒害人，往往比妖魔本身更可怕。我曾说过，专制包括专制制度、专制人格、专制语言、专制氛围等层面，而妖魔也包括妖魔组织、妖魔伎俩、妖魔气息等层面。人们通常谴责那些喜欢装扮的女子为"妖精"，而《西游记》所指的妖气，则是妖魔鬼怪的一种手段，有如世间的迷惑人的花言巧语。比丘国国王感染了妖气就如同中了邪，变成妖魔的傀儡。

101

孙悟空本事超人，他可以腾云驾雾，升天入地，但他却真诚地追随唐僧，一步一个脚印地行走在取经的崎岖路上。唐僧给他命名为孙行者，非常传神。他从"超人"变为"行者"，给我们很大的启迪，它告诉人们：人生真谛，恐怕不在于"及时行乐"，而在于"及时行走"。行万里路，走万座山，生命就充实了。孙悟空的生命诗意，既是"打"出来的，也是"走"出来的。

102

孙悟空战胜妖魔鬼怪，除了靠力量之外，还靠智慧。他化作小虫小果子一次又一次地钻入强敌的肚子里，除了钻入铁扇公主的肚子里拳打脚踢之外，还钻入黄眉童子的肚子里倒海翻江，他甚至还会扮演成假唐僧、假魔鬼去和真魔鬼周旋。他的武艺举世无双，他的智慧也无人可比。战胜敌人，不仅要"力取"，还要"智取"。

103

效法孙悟空，不是学习他的武艺与变术，这是永远难以企及的。但可以学习他的生命态度。他总是坦坦荡荡，打仗时坦荡，顽皮时也坦荡。如果他是人类，便属于端人，即正派人，正路人。做事靠自身本领，绝不搞阴谋诡计。做人靠自身的健康与强大，绝不夸张撒谎，拨弄是非。

104

孙悟空被如来佛祖封为"斗战胜佛"，倘若贾宝玉被封，那应是"不斗不战也胜佛"。二者都有道理。前者为积极自由精神的象征，后者为消极自由精神的象征。二者最后的归宿均模糊化，如果让我们加以猜想，孙悟空应返回花果山，贾宝玉应返回大荒山。"斗"还是归于"不斗"。

105

《基督山恩仇记》中有句名言说，开发人类智力的矿藏是少不了要由患难来促成的。唐僧、孙悟空不远万里到西天取经，这是开发人类智力矿藏的伟大跋涉，跋涉的过程正是患难的过程。成功与患难总是结伴而行。

106

　　"手段"比"目的"更为重要。孙悟空武艺高强，神通广大，神出鬼没，而且拥有最强大的武器，一把会伸能缩、可以顶天立地的金箍棒，但他不伤害人，更不像武松、李逵那样滥杀无辜。他造反，也只是挑战、捣乱、宣泄恶气，既不杀人，也不杀神，几乎是一种游戏人生。他和天宫天庭、天兵天将打仗，也几乎是在玩耍，并不流血。他破坏仙桃天宴，只让仙女们不能动弹，不会喊叫，并不伤害她们，也不调戏她们，手段十分文明。

107

　　唐僧和孙悟空这个"师徒结构"，意蕴极为深厚。它包含多重内涵，首先唐僧的紧箍咒是宗教对孙悟空的制约与限定。造反者的自由也受到限定。不可滥杀无辜是紧箍咒的规则和底线，孙悟空因为有此限定，所以他才没有变成牛魔王，而是把取经的道路走到底，终成正果。在大闹天宫之前，他就与牛魔王结拜兄弟，二者相近。但牛魔王不加修炼，又未能得唐僧指引，所以走向魔鬼之路，娶了铁扇公主，不仅作恶多端，连对铁扇公主也不真诚，好吃好喝好斗又好色，与孙悟空完全两样。可见英雄并非我行我素、胡来胡去的妖怪，而是本领非凡又接受制约的天地之才。其次师徒结构，又是自由、平等、博爱三位一体的结构。师徒的冲突，不是善与恶的冲突，而是善与善的冲突。"两善"的冲突，比善与恶的冲突更为复杂，更需要佛陀指点迷津。

108

孙悟空不管如何顽皮，如何造反，如何变幻莫测，但总是让人感到他的天真在，他的纯朴在，他的正直在，即他的善性在。他很会变易，变得让人眼花缭乱，但他身心上却有一种坚硬的"不易"，任艰难、委屈、误解乃至种种妖法魔法都无法改变的品性，这就是他的善性。不易之善性，乃是他的生命本体。

109

孙悟空与唐僧，一直生活在本真世界中，而猪八戒虽是孙、唐的同路人，但一直生活在世俗世界中。八戒带着世俗要求走向取经之路，其身上的痴、贪、嗔等弱点，正是佛教要克服的人性弱点。《西游记》告诉我们，即使是猪八戒，他身上也有佛性，他有小狡猾等小生产者的秉性，但没有虚伪、圆滑、世故，也不滥杀无辜，所以也有成佛的可能。

110

唐僧及其弟子，共同去取经，并不要求队伍的纯粹。其中既有真谛的代表（孙悟空），也有俗谛的代表（猪八戒）；有本领极高强者（孙），也有本领一般，但任劳任怨的清醒者（沙僧）。在关键时刻，平素沉默寡言的沙和尚总会说出几句要紧话，连那匹白马也会发出重要的声音。各种生命所蕴藏的佛性不同。唐僧懂得尊重不同的个体个性，所以才能获得取经的成功。

111

《西游记》与《红楼梦》一样，也是部"石头记"。贾宝玉原是女娲补天时未被选用的一块多余的石头，后来通灵而来到人间，成了世上的一个多余人。而孙悟空原先也是一块石头，后来石破天惊，出了一只石猴。这只石猴到了花果山后，既通灵，还通了变术和武艺。贾宝玉和孙悟空都是世界的异端。一文一武，与人类等级社会皆不相宜，文者演成悲剧，武者演成喜剧。二者的存在形态很不相同，但都有石头的自然与纯朴。

112

《西游记》的主角孙悟空很少说话，但性情与人类相通。他的主要语言乃是行为语言。他是一个行动的生命。其眼睛是天眼，即千里眼。在太上老君的炼丹炉里炼了四十九天后变成火眼金睛，能识破各种妖魔，后来成了法眼与慧眼。唐僧修行虽高，但未经炼丹炉的煎熬，所以眼力不如孙悟空。

113

猪八戒虽有许多缺点毛病，但还是个可爱的形象，因为他活得很真实，没有矫情，一点也不会"装"。饿了想吃，困了想睡，本能本相，完全不知掩盖。取经路上，挑重担的主要还是沙悟净，但猪悟能也是辛苦角色。在喜剧作品中，他带给大家许多乐趣。总之，他是《西游记》中一个很成功的形象。

114

取经之路，乃是追求真理之路。追求路上，充满妖魔鬼怪，充满苦难，充满危险。全程共九九八十一难，每一难的征服，都需要智慧、勇气和毅力。《西游记》是中国人追求真理的圣经。这部伟大小说，为中国人立下了"崇尚真理"的品格，也为中国人树起为真理奋斗的不屈不挠的伟大榜样。

115

考察汉民族，应着眼于文化，而不应当着眼于血统。汉民族的血统并不纯粹，胡人的血液早已渗入汉族脉络。但汉文化却一以贯之，匈奴被汉化，蒙古被汉化……所谓汉化，通常只说"汉族血统化"，其实更重要的是"汉族文统化""汉族文化化"。我们研究汉民族为什么不会灭亡，乃是研究汉文化为什么不会灭亡，巴比伦文明、玛雅文明、印加文明等都灭亡了，为什么中华文明即汉文明不会灭亡。

116

周有光先生的思维三段（神学、玄学、科学），19世纪哲学家孔德早已说过，不算新说。玄学乃是中世纪的产物。用逻辑形而上解释神学。形而上是哲学中叩问存在的部分，古希腊就有。现代世界，其实三种思维都有。科学思维代替不了玄学思维，认识论代替不了存在论与本体论。佛的神奇与孙悟空的神奇，近乎神学；佛的说教与唐僧的紧箍咒又近乎玄学。

117

与堂吉诃德相比，孙悟空也有"知其不可而为之"的精神，即大战风车的精神。天宫，龙宫，阎王殿，都是大风车，但孙悟空照样挑战。不同的是，堂吉诃德冒出的是一片傻气，孙悟空冒出的则是一片灵气。但二者都守持一片天真与混沌。

118

唐僧的紧箍咒不是道德法庭，而是宗教法庭，它把握的是佛教戒杀的规范，这是英雄主义的补充，也是英雄行善的保证。李逵、武松等，最大的缺陷是缺了这么一个紧箍咒，所以李逵几乎变成魔，他热衷于"排头砍去"，砍杀时没有制约。李卓吾用"佛"字点评李逵，显然不妥。

119

孙悟空与贾宝玉都反叛，但贾宝玉是贵族性的反叛，他的锋芒不是指向皇帝，而是指向科举制度和陈旧意识。而孙悟空则直接指向玉皇、龙王、阎王等最高统治者。孙悟空的行为可称为造反，贾宝玉的反叛则不算造反，顶多只算反抗。二者的叛逆，都是精神性的叛逆，孙悟空手中虽有千钧棒，但这种武器能缩能伸，也有精神性质。

120

孙悟空大闹天宫，虽属造反，但他并无一般造反者的目的，如推翻政权，取而代之等。孙悟空没有私心，没有野心，没有革命纲领，没有革命组织，没有革命队伍，一切只是个体的独立独行。他没有任何"替天行道"的意识，只是本能地感受到天道不公平，于是他就反抗，挑战一下至高无上的所谓玉皇大帝。他大闹天宫起因于"弼马温"事件，但他不是嫌官小，而是发现天庭对他极不尊重，他是为个人的尊严而奋起反抗的，反得有理。在孙悟空的心目中，本没有等级观念，也不懂得官阶为何物，所以开始时欣然地接受弼马温这顶小乌纱帽。他的不满是因为他明白给他戴上这顶帽子是对他的污辱。士可杀而不可辱。孙悟空因受辱而反叛。这种反叛乃是天经地义，无可厚非。

121

雷马克在《西线无战事》中说：我看到了世

界上最聪明的头脑还在发明武器和撰写文章，使这种种敌视和残杀更为巧妙，更为经久。唐僧也拥有最聪明的头脑，他的伟大在于，绝对不用头脑去发明武器，而是用头脑去发现文明，他不撰写文章，但不畏艰险地输入西天撰写的慈悲文章。

122

孙悟空的英雄性抵达登峰造极的水准，任何力量都打不垮他。天兵天将打不败他，太上老君的炼丹炉烧不死他！佛祖的五行山也压不碎他。压了五百年，孙悟空还是孙悟空，英雄还是英雄。真正的英雄，绝对不会被任何命运所击倒。

123

《水浒传》的英雄主义与中国的大男子主义紧密结合，所以才发生武松杀嫂、杨雄杀妻等惨烈行为。而《西游记》中的英雄主义却不沾上任何鲜血，更没有女子的鲜血。它虽侧重歌吟男性，但没有任何大男子主义的臭味，包括猪八戒在高老庄的行为，也没有大男子主义的阴影。

124

《西游记》的主人公所经历的苦难，包括自然灾难，但主要是人间的苦难，即人自身的所作所为。鬼怪总是伪装成人而做坏事，即披着人皮做坏事。而人总是伪装成神而骗人，即借神之形而行鬼之实。

125

孙悟空的行为很"野"，如天马行空，没有边际，但他没有野心，尽管武艺高强。战功赫赫，尤其是斩妖除魔，更是功比天高，但他总是胸怀一颗平常心，总是跟随在师父之后，一步一步地走在取经的路上。有本事，又有平常心，才是真英雄。面对高强本领，尼采鼓动"超人"，慧能却主张做"平常人"。一个有野心，一个无野心，哪个才是真英雄呢？

126

《西游记》也可称作"变形记"。读卡夫卡的《变形记》，首先联想到的就是《西游记》。卡夫卡笔下的人变成甲虫，寄意的是现代人在现代生活的高压下的困境以及在困境中的物化（动物化）和异化；而吴承恩笔下的人则变成猴，变成猪，变成马，变成魔，变成妖，寄意的是一部分人确实妖魔化了，在佛眼之中，在火眼金睛之下，他们只有一张人皮，一旦被戳穿，就只剩下一堆枯骨，没有血脉与心灵。他们想的是荣华富贵和吃唐僧肉而万岁万万岁。孙悟空是一个自己会变形而且能识破妖魔变形的英雄。

127

《西游记》的主角，从孙悟空到猪八戒，还有参与取经的沙僧与白马，都是"妖身"。第一百回里，归国的唐僧向唐太宗介绍自己的弟子并携其入东阁赴宴时，特给唐王先下定心丸说："小徒俱是山村旷野之妖身，未谙中华圣朝之礼数，万望主公赦罪。"唐僧的诸位徒弟确实俱是妖身，但佛教禅宗告诉人们，心性才是人的根本。作为人，重要的是"心"，而不是"形"，孙悟空的猴形妖身并不重要，重要的是他永远跳动着一颗至真至善之心。有这颗心灵为前提，再加上他的"齐天"本领，便做出一番轰轰烈烈有益于人类的事业。

128

一切人，一切生命都有佛性，连跟随唐僧的那匹白马也有佛性。此马原是西海龙王之子，属于王二代、龙二代。唐僧到了毒蛇盘踞的鹰愁涧涉水，此龙二代吃掉唐僧所骑的马匹，犯有罪责，但在菩萨的指导下，他也改邪归善，加入取经行列。他甘为唐僧脚力，驮着唐僧登山越岭，跋涉崎岖，功劳很大，被如来佛祖封为"八部天龙马"。这位广晋龙王之子，原先犯了不孝之罪，但他身上也存有佛性，一旦以身皈法，也可修为正果。说佛法无边，说到底还是宽厚无边，慈悲无边。相信一切生命皆有善根，这是佛教的第一真理。

129

佛教认定，不管你过去有过怎样的错误与罪恶，但只要放下屠刀，便可立地成佛。这种不计前科、不查出处、不算旧账的博大宽容性，给一切罪人展示了再生的可能。猪八戒原是天河水神，天蓬元帅，但在蟠桃会上却酗酒调戏嫦娥，被贬到下界后变成半畜半人，又在福陵山云栈洞造孽，还闹出高老庄的丑剧，但他走上取经之路后一路挑担，十分辛苦，最后虽未封佛，但也被升为汝职正果，做净坛使者。而沙和尚沙悟净，本是天上卷帘大将，先因蟠桃会上打碎了玻璃盏而被贬入下界，后又在世间流沙河里伤生吃人，造成罪孽。但皈教皈法后，一路保护唐僧，登山牵马，不辞劳苦，最后也被如来封为"金身罗汉"。《西游记》所体现的佛教宽容，与当下世界的政治技巧，很不相同。

130

取经完成后，如来给唐僧师徒封号。唐僧、孙悟空皆为佛，而孙悟空关心的只有一事。他问唐僧，既然我已成佛，那么头上的紧箍咒是不是可以去掉。最在乎的还是自身的自由。孙悟空虽会七十二变，但其童心则永远不变，争取自由之心也永远不变。他被封为佛后跳动的还是一颗童心。

131

没有佛教的东传，就不会有两部伟大的"石头记"，《红楼梦》与《西游记》。两部经典均佛光普照，均有大慈悲。贾宝玉的大慈悲是爱一切人而无仇恨机能。孙悟空的慈悲虽广大无际但有仇恨，他恨妖魔鬼怪，与之战斗到底。但他的恨，归根结底也是爱。爱平民百姓，爱一切生灵，爱师父唐僧。为了保护师父，他才不得不出手，不得不怒目横对那些伪装的妖孽。爱的对立项不是恨，而是冷漠。

132

《西游记》给中国人民两个伟大的启迪：一是寻找真理（取经）之路绝不平坦，它注定崎岖坎坷，经受九九八十一难在所难免，到了目的地，还有一难。二是像孙悟空那样争得自由，就必须不怕千辛万苦去求道求术，也不怕千辛万苦去求经求佛。有本领才有自由，有至善至真之心才有自由。

133

孙悟空并无行善意识，也无自由理念，但他却有善的本能和自由的天性。他的一切英雄行为，都是心性使然，而非认识所致。换言之，孙悟空与贾宝玉一样，石头软化、灵化后变成一颗心，一切都是心动，而不是头脑的预设。即一切都出自本体论（心性本体），而不是认识论。

134

施耐庵把李逵、武松写成正义的化身，道德的化身。但李逵那把斧头，不仅砍杀官兵，砍杀敌人，而且砍杀恋爱中的男女，砍杀好人。吴承恩也写孙悟空造反，但不把他写成正义的化身与道德的化身。然而，恰恰是孙悟空呈现了人间正义、自然道德。他的金箍棒只指向妖魔，绝不伤害任何一个好人。

135

孙悟空的善性非常彻底，他不仅不伤人，对于魔，他也不是一概杀戮，而是分清妖的由来，尤其是对于只有欲望而无罪恶的妖魔，他更是放其一马。如对天竺国的假公主，她是玉兔精，对真公主虽有怨但未伤害，对唐僧只是慕名贪恋而不像其他妖怪想吃唐僧肉。所以经过激战戳穿其妖形之后，他还是听从太阴星君的劝说，放玉兔返回月宫，以善对待和自己进行过恶战的"敌人"。

136

《西游记》的诗词远不及《红楼梦》，从总体上说，它比较浅露，缺少含蓄，也缺少韵味，尤其是缺少内在情韵与内在神韵，相当多的诗类似打油诗。这是《西游记》审美形式上的一大缺陷。另一缺陷是大闹天宫那几回之后的几十回，均写取经路上遇妖除魔的故事，情节大同小异，能让读者获得新鲜感的故事不多。不像《红楼梦》那样，回回都很特别，令人回味无穷。

137

从审美风格上说，《红楼梦》属秀美，即阴柔美；而《西游记》则属壮美，即阳刚美。二者的审美基点虽不同，但其至真至善之情则完全相通。孙悟空与贾宝玉都极纯粹、极正直、极忠厚。两人的情感形态不同，一个是温情（贾），一个是豪情（孙），但二者都无矫情。

138

《红楼梦》是悲剧，《西游记》是喜剧。除
此之外，还可以说，《红楼梦》又是荒诞剧，而
《西游记》则是怪诞剧。孙悟空，形虽怪诞，但神
情很刚正，不可视为荒诞。而《红楼梦》中的贾
赦、贾琏、贾蓉、贾瑞以及薛蟠等，则是形为贵
族，实则是伪君子、嫖客、色鬼，他们的人生，只
是一场又一场的滑稽戏、荒唐戏。

139

孙悟空与猪八戒的区别，除了本领的高低之
外，最大的不同是猪八戒有欲望，而孙悟空没有
欲望。孙悟空一不好吃，二不好色，三不羡慕荣华

富贵。无欲则刚，所以他成了不败金刚。孙悟空的英雄性，不仅表现为"无敌手"，而且表现为"无欲望"。有前者，才能战胜艰险，有后者，方可战胜诱惑。

140

歌德笔下的浮士德，与魔鬼打赌：一生进取，倘若满足即成其俘虏。孙悟空一路打过去，也在与魔鬼打赌，但从未当过魔鬼的俘虏。他与魔鬼赌的首先是眼睛，能看穿伪形即胜利，不能看穿即失败。唐僧看不穿。因为他只有经书的泽溉，缺少炼丹炉的煎熬。孙悟空之所以战无不胜，除了仰仗老师的传授，还仰仗于炼丹炉的磨炼和对手的磨难。

141

　　《西游记》中有一个关键词常常被忽略，这就是"心猿"（参见第七回，其标题为"八卦炉中逃大圣，五行山下定心猿"，第八十五回标题"心猿妒木母，魔主计吞禅"，第八十八回标题"禅到玉华施法会，心猿木母授门人"）。孙悟空的历程便是从石猴化为心猿的过程。猿是他的相，心是他的本。孙悟空与贾宝玉一样，乃是一颗纯正的心灵。他的大闹天宫、大闹龙宫、大战妖魔，从表面看，是身动、器动（金箍棒动），实质上是心动。即表面上是武器（金箍棒）的批判，实质上是精神的批判。孙悟空所以感人，正是他的武功令人眼花缭乱，心地却极为纯朴，整个心灵总是投向为人类解脱各种压迫压抑的事业上。他是最勇敢、最无私的心灵，也是最生动、最灵验的英雄佛。有这尊英雄佛在，中国就不会缺少勇敢和善良。

142

　　《西游记》写孙悟空不服唐僧指责，萌生"二心"，结果发现假行者应运而生，假孙悟空与真孙悟空不仅相貌相似，而且本事一样高强，真假行者打得死去活来，连唐僧、观音菩萨也辨不出真假，最后只好请示如来佛祖。此节告诉我们：心的分裂，自己和自己打仗，最难了结。战胜妖魔易，战胜心魔难。换言之，是战胜鬼怪易，战胜自己难。最难战胜的，还是自己。此回主旨与王阳明的"破山中贼易，破心中贼难"，意思相通。

143

形与神、相与心的反差，往往更能显现心的高尚、高洁、高贵。孙悟空的外形，《西游记》多次从不同视角写他如同妖精，却突显出他的心灵格外壮美。雨果《巴黎圣母院》的男主角，其相貌也十分丑陋，但心地却很美好。就审美效果而言，形丑给人带来乐趣，心美则给人带来启迪。

144

《西游记》第一回的诗云："争名夺利几时休？早起迟眠不自由！骑着驴骡思骏马，官居宰相望王侯。只愁衣食耽劳碌，何怕阎君就取勾？继子荫孙图富贵，更无一个肯回头！"这首诗与《红楼梦》首回的《好了歌》相似，主题同一，都是劝止歌。劝告世人从争名夺利的路上回过头来，提醒世人放下无穷尽的欲望。尤其难得的是，《西游记》之歌还直截了当地道破"自由"二字，点明一旦被名利和荣华富贵之念所羁绊便无自由。能放下欲望才有自由，能不羡慕王侯贵爵才能自由。这首自由歌，正是《西游记》的主题歌、灵魂歌。孙悟空呈现的正是这首歌的自由精神。他的千钧棒，表面上是打妖魔，从深层看，则是打击人类的贪婪欲望和名缰利索。

145

唐僧虽至诚至善，但并不完美。他毕竟是人不是神。他苦修苦炼，但仍然没有除尽我执与法执。在妖魔的伪形面前，他总是拒绝听取孙悟空的陈述，这是"我执"。不仅不听，还念紧箍咒，抓住咒语不放，这是"法执"。因为有此执迷，所以才需要去取经，去寻找认清自己的参照系。成佛得道之后，他放下紧箍咒，既是破法执，也是破我执。

146

孙悟空从石猴变成人类之后，便占花果山为王，占水帘洞为主，拥有千万个猴兵猴卒，算是一方诸侯，自得自在。但他却不陶醉于自己的安乐乡中，而毅然辞乡远行，到千里之外的荒山野岭寻找高人并学得一身绝技。从五行山释放之后，他又随时可回花果山为王为霸，但他却不留恋这个小王国的肤浅快乐，选择千辛万苦的取经之路。为了寻找

真理，他宁可放弃天天接受朝拜的生活，甘愿去充
当一位和尚的卫士，跟着跋千山，涉万水。

147

　　唐僧与孙悟空的师徒结构，并非主奴结构，
也非君臣结构，它是阴阳互补结构，文武互补结
构，善慧互补结构。因为，孙悟空在人格上与唐僧
是平等的，他常常善意地调侃唐僧，特别是妖魔化
作美女向唐僧求亲的时候，他总是一边解救，一边
游戏唐僧的尴尬困境。

148

孙悟空顶天立地，但他并非"高大全"的英雄。他顽皮、顽劣，喜欢捣乱，喜欢戏弄，喜欢耍脾气。他有超人的武功，又有常人的性情。作为文学形象，他既怪诞，又很平实，毫无"高大全"英雄的面具和矫情，更无意识形态的痕迹。他是英雄，更是个孩子。

149

老子在《道德经》中讲述三个"复归"：复归于婴儿，复归于朴，复归于无极。此一精彩理念，也可用意象性的语言，表述为"复归孙悟空"。孙悟空既是英雄，又是"婴儿"；既有神魔般的豪放，又有

石头般的质朴。他身行天地，心驰宇宙，精神涵盖
"无极"。

150

陀思妥耶夫斯基在《罪与罚》中让主人公讲
了一句话，说"我只想证明一件事，就是，那时魔
鬼引诱我，后来又告诉我，说我没有权利走那条
路"。读《西游记》，见到唐僧战胜各种引诱，总
是想起这句话。唐僧之所以神圣，就是因为明了，
自己选择的那条路是正确的，就一路走到底；并明
了，从此之后他再也没有权利走别的路，包括荣华
富贵之路。

151

孙悟空被救出五行山之后，并未立即放下"屠刀"，立地成佛。他还杀了几个被他称为"强盗"的人，唐僧批评，他还赌气跑到龙王那里喝茶，这之后，观音菩萨才把如来赐予的"紧箍咒"交给唐僧，孙悟空尝了咒语的苦头之后才正式成为唐僧之徒而走上取经之路。可见，紧箍咒对于英雄孙行者是必要的，尽管唐僧后来念错了几回咒语。

152

从艺术成就上说，至少有两点《西游记》远远不及《红楼梦》。其中一是女性形象的塑造，《红楼梦》塑造了林黛玉、薛宝钗、史湘云、王

熙凤、妙玉、秦可卿、晴雯、袭人、鸳鸯等个性
丰富的形象体系，很了不起。每一个体都是生命
极品，都是不朽的生命图画。而《西游记》只有
男性的精彩（孙悟空、唐僧等均是男性），没有
女性的精彩。其中的美丽女性如天竺国公主、宝
象国公主、女儿国国王等也只是抽象的符号，虽
美如仙子，却毫无血肉，更无内心，没有一个能
活生生地站立起来。

153

　　吴承恩笔下的英雄，最美的人物形象都是
男性。而女性，要么很苍白，要么很抽象。最美
的女子多半是妖精（或取妖精的皮，或做妖精的
形，或本身就是妖精）。多数的魔鬼都伪装成美

女，孙悟空打杀的也是美女妖精较多。吴承恩仿佛也是一个大男子主义者，对女子很不信任。如果说《水浒传》是屠杀妇女，《三国演义》是利用妇女，《红楼梦》是礼赞妇女，那么，《西游记》则是怀疑妇女。

154

《西游记》与《红楼梦》一样，不仅书写人间，还书写天界。《红楼梦》呈现的天界，是太虚幻境，这是曹雪芹的乌托邦；《西游记》呈现的天界，则是权力秩序，这是地上权力王国的翻版，吴承恩显然厌恶这种秩序，所以让孙悟空去把它搅乱。吴承恩的乌托邦不在人间，而在自然界。《红楼梦》的乌托邦是女儿国，《西游记》的乌托邦是没有女性的花果山。

155

　　《红楼梦》中充满情爱悲剧和情爱故事。而《西游记》则没有爱情故事，也没有爱情悲剧。所以尚未进入情爱的儿童爱读，脱离情爱的老人也可读，唯处于恋爱中或充满情感向往的青年人恐怕没有耐心读下去。

156

　　《水浒传》和《西游记》都想救世，前者想"替天行道"，后者想"替佛行道"，目的无可厚非，但《西游记》的救世手段是取经，类似西方普罗米修斯的"偷火"，即偷来真理之光明以照亮人心与人间，这种途径与手段，属于天经地义，天然合理。而《水浒传》的救世手段则是火烧火并，打家劫舍，挥斥暴力，横流鲜血。其结果是世界愈变愈充满仇恨，愈打愈充满血腥，不仅救不了世界，个人也难成生命正果。

157

《西游记》不是神话，不是宗教，不是佛学，但它佛光普照，佛性磅礴。《西游记》是文学，其心灵、想象力、审美形式，都发挥到极致。它非常生动，非常幽默，非常感人，因为它又拥有宗教的大慈悲与宗教的大视野。

158

人的欲望本无可厚非。然而，一旦欲望膨胀过度就会变成魔。人人都有变成"白骨精"的可能。人一旦具有魔的欲望，就会变成"白骨精"。

159

尽管孙悟空大闹了天宫，天上地上的秩序一点也没变，玉皇还是玉皇，龙王还是龙王，号令还是号令，威权还是威权，压迫还是压迫，奴役还是奴役。孙的千钧棒横扫过后，玉宇还是骄奢淫逸，一片专制。其秩序、其逻辑，一点也没变。

160

唐僧一行历经八十一难，踏遍路途艰难，此行给中国人提示：再难也要走到底，任何关口都有佛在。这佛，就是自身的光明。什么难关都可以闯过去，只要师徒协力，只要自身心正、心净、心明。

161

所谓"时代症"，病症就在自身。世界的问题全在人自己身上。人生来并非神仙，也非善主。古往今来，宫廷里弑父、杀兄弟的事件从没有中断过。皇帝几个有好下场？杀来杀去，为了夺取权力。权力大于亲情，为了权力，可以六亲不认，这是我们看到的历史和接受的教育。世界难以改造，人性也难以改造。两千多年来，宫廷里的刀光剑影，今天仍在重演。人性的贪婪无法改变。中国的国民性，可以认知，可以呈现，但也难以改造。说革命可以改变一切，未必，革命后的未庄还是未庄，阿Q还是阿Q。

162

千钧棒，为我们出气，但暴力并不能改造世界。玉宇的澄清，政治的澄明，世道的进步，主要还是靠文化，而不是靠千钧棒。《西游记》告诉读者，"千钧棒"固然有力，但"万里路"（文化取经之路）更为根本。固然不能迷信经书，但是更不能迷信千钧棒。

163

经过千辛万苦，唐僧师徒终于抵达灵山。灵山本是西天的极乐世界，人间净土。可是，世上并无理想国，佛国也不是净土国。佛国之王如来佛祖见到唐僧师徒后自然高兴，便命身边的两大徒弟阿傩、伽叶带唐僧师徒去藏经阁领取真经。到了阁中，阿傩竟问是否有什么礼物相赠，公然索取财物。当唐僧说明未曾准备人事后，阿傩竟然很不高兴，以致"偷工减料"，将柜下无字经一卷卷拿出来代替有字经，强塞给唐僧。这一情节乃是《西游记》最后部分的神来之笔。它让人们知道，连如来的圣徒也不干净，连著名的阿傩、伽叶也行敲诈勒索。这一情节还告诉读者，对于佛家菩萨可以尊崇尊敬，但不可迷信。（参见《西游记》第九十八回）

164

阿傩、伽叶向唐僧师徒索"人事"（礼物）不成后，竟用无字经敷衍、欺骗远道而来的圣僧。唐僧忍受不了，只好向如来告状（望如来敕治，见第九十八回），而如来竟为阿傩们辩解。

> 佛祖笑道："你且休嚷，他两个问你要人事之情，我已知矣。但只是经不可轻传，亦不可以空取，向时众比丘圣僧下山，曾将此经在舍卫国赵长者家与他诵了一遍，保他家生者安全，亡者超脱，只讨得他三斗三升米粒黄金回来，我还说他们忒卖贱了，教后代儿孙没钱使用。你如今空手来取，是以传了白本。白本者，乃无字真经……"

原来，阿傩索取"人事"的行径被如来佛祖所认可。如来是后台。连佛祖也认为"卖经"天经地义，而且只能高价卖，不可"贱卖"。佛祖此番说法令人匪夷所思。然而细想下来，唯有把佛圣化而迷信的人才会觉得奇怪，而对于清醒的识者而言，这倒是佛国的真实。世上并无百分百的净土。人人向往"极乐世界"，"净土世界"并不存在。

165

吴承恩笔下的灵山，人们向往的净土世界与极乐世界，竟也发生勒索"人事"的丑剧，佛徒们烧香膜拜的如来佛祖竟然也超越不了功利之举，为勒索行为辩护。可见，在吴承恩极为清醒的意识里，其乌托邦并非灵山。那么，他的理想国在哪里呢？吴承恩的乌托邦既不是天国（玉皇主持）也不是佛国（如来主持），而是花果山。唯有花果山、水帘洞才保持大自然的纯正、质朴与和谐，才不受人世灰尘的污染。

166

唐僧们拿到有字真经后，开始了回归的行程，但在横渡大河时，因被白鼋作怪，把他们翻倒河中，从而打湿了经书。此时，唐僧十分沮丧。就在此时此刻，平常少言寡语的孙悟空讲了一个安慰师父的哲学。第九十九回如此写道：

> ……不期石上把佛本行经沾住了几卷，遂将经尾沾破了，所以至今本行经不全，晒经石上犹有字迹。三藏懊悔道："是我们怠慢了，不曾看顾得！"行者笑道："不在

此！不在此！盖天地不全，这经原是全全的，今沾破了，乃是应不全之奥妙也，岂人力所能与耶！"

伟大英雄孙悟空最后说出了伟大哲学，即"天地不全"之哲学。天不完全，地不完全，人不完全，神不完全。这才是真理。求全责备，苛求"金要足赤，人要完人"显然不妥当。确认天地不全，神佛不全，人类不全，才有宽容，才有慈悲。孙悟空最后道破的大哲学奥妙，乃是真知灼见。

167

孙悟空到西天取经，一路打拼，一路吃苦，但也一路生长了，尤其是心灵的生长。他西行的最大成果，不是被封为"斗战胜佛"，而是发现了宇宙人间的真理——"天地不全"的真理。天不全，所以要补天；地不全，所以要填海；佛不全，所以经书打湿了不必懊丧；人不全，所以往往辨别不出妖魔；自我也不全，所以才会自称"齐天大圣"。孙悟空道破"天地不全"之哲学，乃是无字真经，这是孙悟空悟到的真理，也是吴承恩悟到的真经。中国文化作为伟大的时空存在，《西游记》的这一笔（由孙悟空道破的"不全哲学"）又给伟大存在增添了精彩的一页。

168

《西游记》的最后一回描写唐僧回归长安，拜会唐太宗，御兄御弟亲热一场。这种回归，乃是向世俗世界的回归，纯属画蛇添足。《西游记》

本是取经过程，也是悟空过程，唯有归于空，看破宫廷御苑等荣华富贵并无实在性，那才拥有思想深度。可惜它却回归于世俗，回归于儒家所建筑的秩序。唐太宗为唐僧建筑了可藏经书的雁塔寺，让经书"落实"于凡地。最后这一结局看似圆满，实则落俗，属于小说的败笔。

169

在《共悟人间》中，我和剑梅曾比较过陀思妥耶夫斯基《卡拉马佐夫兄弟》中阿廖沙和《红楼梦》中的贾宝玉。后者最后选择"逃避苦难"，离家出走，与阿廖沙扑向大地去拥抱苦难的方向不同。二者均有理由。如果把孙悟空和阿廖沙相比，那么，孙悟空倒是与阿廖沙的选择非常相像，孙悟空跟随唐僧到西天取经，正是扑向大地去拥抱苦难，不是拥抱两桩三桩苦难，而是拥抱八十一桩苦难，在苦难中打拼。东正教的精神是唯有苦难才是进入天堂的阶梯，而《西游记》也告诉我们：唯有苦难才是抵达极乐世界的桥梁。

170

唐僧一行到了西梁女儿国之后，女儿国的国王爱上了唐僧，她不仅极美丽，而且极真诚。她愿意付出举国之富，招唐僧为夫。此时，唐僧面临着一种比妖魔更严峻的美女考验。这个美女不是一般的美女，也不是因为她是女王，而是她有一种宁弃江山也要唐僧之爱的气魄。对此，唐僧在爱与信念二者之间做一选择。唐僧再伟大，也是肉体之躯，他在女王面前不可能不动心，然而，最后他还是做出"信念第一"的选择，信念重于情爱，取经的使命重于美女的呼唤，他还是继续走上原来的追求真理的道路。英国的爱德华八世，宁要美女不要王位固然感人，但唐僧这种宁要信念不要江山美女的选择，更了不起。

171

《红楼梦》中的贾宝玉，其别名（前世之名）"神瑛侍者"，他到人间后钟情于"闺阁女子"，真的以平等心态当了许多贵族女子（如林黛玉、薛宝钗、秦可卿、史湘云等）的侍者（服务员），也以平等心态当了许多丫鬟女子（如晴雯、鸳鸯、袭人等）的侍者。阅读《西游记》之后，就会知道，孙悟空也是一个侍者，但他不是众女子的侍者，而是唐僧的侍者，即"圣僧侍者"。他以高强的武功也以真诚的态度陪伴唐僧万里长征，为唐僧服务。如果没有这位英雄侍者，唐僧怎么排除那么多灾难而抵达灵山？如果说，贾宝玉是柔性侍者，那么，孙悟空则是刚性侍者。贾宝玉之"侍"，需要战胜许多世俗偏见；而孙悟空之"侍"，则需要战胜自我原来那一派"老子天下第一"的齐天傲慢。充当王者不易，充当侍者也不易。

172

猪八戒姓猪。养猪是农民的事业。他使用的兵器是九齿钉耙，也是农民惯用的工具。总之，他是小生产者。小生产者天生拥有小聪明、小狡猾、小算盘，善于占小便宜，谋小利益，当然也会做小挑战、小浪漫。猪八戒除了贪吃之外，还有一个致命弱点是好色。贪吃与好色是他的本性。改变本性之难比改变江山更难。猪八戒的经历告诉我们，即使从天上落到地下，即使从神宫坠入猪胎，即使历经千难万险，即使穿越生死关口，猪八戒还是猪八戒，小生产者本性还是小生产者的本性。所以他到了灵山之后，如来佛祖无法给他封"佛"，只能给他封"净坛使者"。常听到"改造世界"与"改造人性"的豪言壮语，但清醒者却要质疑，猪八戒的本性可以改造吗？

173

孙悟空可以千变万化，第九十五回写道："行者把棒丢起，叫一声'变！'就以一变十，以十变百，以百变千，半天里，好似蛇游蟒搅，乱打妖邪……"他能屈能伸，可变成顶天巨汉，也可缩成小虫儿钻入铁扇公主肚中。但他的可贵不仅在于能变，还在于他身上有一种永远不变的东西，这就是他的心灵。他的心灵永远向真向善，永远是嫉恶如仇的正直，永远有戏弄权威的顽皮，也永远有追求真理的热情，更永远有与妖魔鬼怪势不两立的正义感。

174

佛祖如来在解析如何分辨真假孙悟空时说：
"汝等法力广大，只能普阅周天之事，不能遍识周天之物，亦不能广会周天之种类也。"他说："周天之内有五仙，乃天地神人鬼；有五虫，乃赢鳞毛羽昆。"如来还说，此十类种之外还有四猴混世，真孙悟空属灵明石猴，假孙悟空属六耳猕猴。如来如此给万物分类，虽嫌简单，但让我们明白，《西游记》塑造的主角乃是非天、非地、非神、非人、非鬼，当然也是非赢、非鳞、非毛、非羽、非昆。但他又是兼天、兼地、兼神、兼人、兼鬼，极为特殊又极为丰富。因此，把孙悟空仅仅划为"神"或划为"人"或划为"妖"，均属简单化。孙悟空就是孙悟空，他能飞天入地，又能入神化人而驱鬼打魔，这一角色，人类文学史上前所未有。

175

《聊斋志异》中的妖精，许多是狐狸精，她们长得很美，而且很痴情。表面上，蒲松龄完全逆反《西游记》的思路，吴承恩笔下的妖精，如白骨精，确实强悍可怕，本事很大。然而，《西游记》并不把妖精推向绝路，它也给妖魔三条出路：一是改邪归正，猪八戒、沙僧是也；二是还其本相，送入云霄，红孩儿是也；三是当即处死。前两条皆是给予出路，第三条则是不得已。对妖魔尚且如此，对人更应当宽厚以待。

176

《金瓶梅》是写实文学的经典极品。而《红

楼梦》与《西游记》却比《金瓶梅》多了一个大精神层面，这就是超越现实的大浪漫层面，也可以说是充分想象的形而上层面，即带有哲学意蕴的梦幻层面，于是就有"太虚幻境""大观园""大闹天宫"等等。文学千种万种，千姿万态，《西游记》《红楼梦》虽不完全写实，却充分写真，这两部经典有真际、真精神，又有真情感、真思想。世上找不到孙悟空，却人人都可以效法孙悟空。

177

《西游记》唐僧师徒，历经十四年，日日山，月月岭，最后抵达灵山。而高行健的《灵山》，也是主人公历经艰难困苦寻找灵山。但《西游记》是现实的征程，一路与妖魔拼搏；而

《灵山》则是内心的旅行，全书八十一节，也历经八十一次内心的撞击，因此《灵山》又可称为内在《西游记》。《西游记》与《灵山》两书虽有差别，但都确认，灵山在内不在外，即灵山乃是坐落于人的内心之中，一旦把灵山视为外部世界的理想国，就会大失所望，即发现灵山不灵，净土不净，极乐世界并不完全快乐。

178

一切都会变，妖魔也会变。没有永远的敌人，也没有永远的妖魔。这是《西游记》的一个重要思想。例如牛魔王一家，在花果山水帘洞初期，牛魔王原是孙悟空的好友，两者还结拜为兄弟，后来老牛走火入魔，与铁扇公主成亲，还生了红孩儿。铁扇公主与孙悟空打得死去活来，最后认输了，借给孙"真芭蕉扇"（第一回是假的），并告诉孙悟空关于芭蕉扇的真实用法，即必须扇四十八下，多一下都不行，这也归于善。铁扇公主也不是永远的妖魔。

179

文学创作不仅有发现，而且有发明！文学样式中的寓言，原先容量有限。《西游记》可能只写成一则寓言，但吴承恩却把石头变石猴变神猴佛猴（并非存在物）的寓言演义成大故事大小说。其关键是把石猴写成心猴，大闹天宫，也是心反，即精神反抗。一切都是内心活动。寓言扩展到如此复杂，如此规模，如此程度，世上少见。卡夫卡的

《变形记》《审判》《城堡》，也是寓言所扩展（扩展到如此精彩！），新文体就是这样创造出来的！这是作家发明。吴承恩发挥了唐僧，却发明了孙悟空、猪八戒、沙僧和西海白龙马。

180

《西游记》中把"伪形""作假"的各种形式全展示了。小说中，不仅有妖魔伪装的假男人、假女人、假小孩，还有假孙悟空、假如来佛、假雷音寺。世上的造假艺术如此高超，要战胜"假"，就得拥有一双"火眼金睛"。《金刚经》说五种眼睛：肉眼，慧眼，佛眼，法眼，天眼。"火眼金睛"虽不属佛眼与法眼，至少是超越肉眼的慧眼，这也是超越俗眼之眼。

181

　　唐僧取经的行程必须穿越无数关卡，急流、险滩、悬崖、峭壁、火焰山等自然关卡且不说，仅过境的国度，如宝象国、乌鸡国、车迟国、西梁女国、祭赛国、朱紫国、狮驼国、比丘国、灭法国等，就需要无数公文、印章，更何况路上妖、魔、鬼、怪、精魂，样样都是障碍，都是难关。然而，对于唐僧而言，最难过的是美女关，一颗至慈至善的心灵，遇到一个至真至美的女子，这不是千钧棒可解决的，也不是念几套佛经可以对付的，此处需要定力，更需要一个高于一切、压倒一切的信念。

182

唐僧取了经之后，回到长安。在唐太宗欢迎的礼仪上，唐僧向唐王介绍自己的随行弟子，说悟空"出身原是东胜神洲傲来国花果山水帘洞人氏"，猪八戒"出身原是福陵山云栈洞人氏"，沙和尚"出身原是流沙河作怪者"，而白马则"原是西海龙王之子"。唐僧出于好意，人化四位弟子，并给予确凿的出身籍贯。可是，孙悟空等的特点，恰恰不可本质化为"人氏"，恰恰是超籍贯、超国度、超时空的生命存在。唐僧作此介绍，纯属荒唐。

183

唐三藏、孙行者、猪八戒、沙悟净，我们可称他们为"西游中人"。他们尽管性格、性情差异很大，但有一个共同点，就是没有机心。《三国演义》中的曹操、刘备、孙权、司马懿等，其性格、性情也差异很大，也有一个共同点，就是充满机心，全是"巧伪人"。他们不是会"变"，而是"装"，每人都有一百副以上的面孔。

184

孙悟空、猪八戒、沙悟净，个个都是"妖身"，长得很丑，开始时总是让人吓一跳。但他们只会"吓人"，不会"骗人"。《三国演义》中的刘备，文质彬彬，有模有样，很讨人喜欢，连孙权的妹妹（孙尚香）也一见钟情。他倒是不会吓人，但很会骗人。赤子之"丑"不可怕，骗子之"美"倒是很可怕。

185

生命四季（春夏秋冬）对于孙悟空，显得格外分明。他的春季在大荒野与花果山度过，饱餐大自然的花香雨露，和同族朋友共享欢乐，还远涉沧海到菩提祖师那里学得一身武艺，生命变得生气盎然。从菩提祖师那里回来后，他的生命进入夏季、激情暴发，如洪水寻找宣泄，于是大闹天宫，搅得周天不宁。被如来佛祖压进五行山的五百年乃是夏秋之间，被唐僧解救后他进入成熟的秋季，参加取经，有打拼，有约束，有收获。到了灵山之后被封佛，诸佛皆冷，他会不会也像一尊风雪中僵化的菩萨呢？也许会，也许不会。倘若按照《道德经》的路向，他应当复归于婴儿，还会在花果山中创造另一番生气勃勃的故事。

186

现象界（现实生活）没有自由，于是就在精神界梦自由，创造自由梦。《红楼梦》创造的是情爱梦；《西游记》创造的是逍遥梦。梦中有欢乐，也有约束。孙悟空头上有紧箍咒，贾宝玉头上也有紧箍咒，那就是他的父亲贾政。

187

中国人不仅承受太多压迫，而且承受太多压抑。假设玉皇、龙王、阎王等存在，又多了一层精神压抑。于是就有向往自由的中国子弟反压迫与反压抑，孙悟空大闹天宫、大闹龙宫、大闹阎王殿，不是反映现实生活，而是反映内心的不满。孙的戏闹，正是宣泄与向往。

188

《西游记》的前半节（孙被打入五行山之前），辐射的是梦幻人生；后半节辐射的是现实人生。现实人生，就是面对艰难险阻不断跋涉，就是要面对各种妖魔鬼怪不断拼搏，就是要接受紧箍咒不断受屈。现实人生，历经千山万水，历经八十一难，历经曲曲折折，无人可以幸免。伟大的人生，就是"斗战胜"的人生。

189

《西游记》与《红楼梦》都是"石头记"。两部"石头记"，两部自由书。前者为刚者自由书，后者为柔者自由书。前者多笑声，后者多眼泪。在现实世界里，不仅弱者没有自由，强者也没有自由。古往今来，哪个帝王将相有过自由？专制暴君也未必有自由。帝王们只敢许诺"面包"，不敢许诺"自由"。

190

《三国演义》的首领人物身边有谋士（刘备有诸葛亮、庞统等，孙权有张昭、鲁肃等，曹操有杨修、荀彧等），《水浒传》的首领人物宋江身边也有吴用、公孙胜等，唯有《西游记》中的首领人物唐三藏身边没有谋士，随他取经的全是战士。因为他的事业与理想，无须计谋，无须阴谋与阳谋，只需一颗真心，一种信念，一腔热血。孙悟空、猪八戒、沙和尚，虽长得丑，但都心性善良，不戴面具。

191

真值得歌功又颂德的，唯有唐僧和他的悟

空、悟能、悟净等弟子们。他们不仅给中国取来佛教经书，为中国文化开辟另一大视野，功莫大矣，而且跋涉万里，无私无畏，一路上全做好事，其心灵最纯最正，其德行无限量也！中国极少帝王功德兼备，就以支持唐僧取经的唐太宗而言，他创造了中国历史上的贞观之治，其功不可没，值得歌颂，但他的德行，包括逼迫父亲退位、射杀自己的兄弟等行为，是否可称得上"德"，即是否可颂，则大可质疑。还有汉武大帝、成吉思汗等，也是其功可歌，其德未必可颂。要说"歌德派"，只能充当唐僧师徒的"歌德派"。

192

　　如果发一张履历表让孙悟空填写，那他只要

在所有的栏目里填下一个"无"字即可。因为他没有祖国，没有故乡，没有学历，没有籍贯，没有父母，没有兄弟。他名字叫做行者，名符其实，是个真正的流浪汉，真正的天马行空者。我曾把莫言比作孙悟空，说他是文学魔术家，至少拥有七十二变术。其实好作家都是跨界魔术家，跨越国界，跨越类界，跨越俗界，跨越天地之界，跨越时空之界，跨越古今之界，跨越中西之界。

193

中国的喜剧性小说很少，但明清之际所产生的《西游记》和《儒林外史》都很精彩。鲁迅说，喜剧是把无价值的东西撕毁给人们看。《西游记》不仅撕毁妖魔鬼怪这些世所公认的无价值糟粕，也撕毁世所畏惧的玉皇龙王阎王这些无价值的统治权威。统治者拥有权威，但未必拥有价值。撕毁这些权威，不仅有胆，而且有识。

194

孙悟空并不是准确意义的人，但读过《西游记》的人，几乎人人都爱他。为什么人人爱？有人说，因为他本事高强，念着他就有安全感。有人说，他能变幻无穷，看着他乐趣无穷。有人说，他像孩子，永远都焕发着天真天籁。说得都很好，很对，都道破了一种坚硬的理由。而我要说，他虽是非人，但其言行，却与人性最深层的部分相通，即与诚实、正直、勇敢、嫉恶如仇等品格息息相通。

195

有学人说，《西游记》反对道教，其实，它只反旁门歪道，如红孩儿的叔叔，自称如意真仙，他掌控女儿国的落胎泉水（解阳山破儿洞里的落胎泉），却从不给人（喝国中子母河的水会怀孕，需喝泉水解胎气），也不给唐僧师徒，为此还和孙悟空打了十几回合。但是对于万寿山五庄观人参果树主人镇元大仙，虽发生冲突（孙把宝树连根拔起，镇元为此生气），但最后经观音菩萨救活了人参果树还是和孙悟空结拜为兄弟，此一情节具有象征意蕴，这说明在吴承恩心目中，道释两家虽有纷争但可以情同手足。

196

　　孙悟空打不赢红孩儿（牛魔王之子），就在猪八戒之后，亲自去南海请观音菩萨帮忙。观音便随孙来到红孩儿居住的火云洞。红孩儿见到孙悟空，就喷出一团烈火，此时，观音将手中的净瓶口朝下，倾出一股神水浇到火山，顿时烟消火灭。制服了红孩儿之后，观音收他为善财童子，并把他带入云霄。此段情节，寓意甚深，孙悟空、猪八戒以刚制刚，并不能征服刚，倒是观音以至柔克至刚（此前观音也是以至柔克服孙悟空）。此外，即使像红孩儿这样的妖魔（自己为妖，父母也是妖），观音还是给予出路。广阔的云霄既可供人飞翔，也可让妖魔改邪归正。

197

什么都可作假，《西游记》中不仅有假孙悟空、假唐僧，还有假如来佛、假雷音寺。所以英雄孙悟空除了必须拥有一身超人的武功之外，还需有一双识破假象的火眼金睛。但孙的火眼金睛不是天生的，而是炼丹炉里炼出来的。而炼丹炉不仅是太上老君所持有的那一种烈火金刚，孙悟空还经受另一种天地大熔炉。唐僧一行游走西天，历经十四个大冷冬天和十四个大热暑天，在酷日艳阳下跋山涉水，何尝不是在炼丹炉里煎熬？生命能够心明眼亮，全靠天地大炼炉。

198

《西游记》里妖魔结成一家的唯有牛魔王、铁扇公主、红孩儿还有红孩儿的叔叔。此叔是不是牛魔王的胞弟，吴承恩未交代清楚。除了牛家外，其他妖魔鬼怪都是各自为战，即只占山头洞穴，未拉帮结党结派。这一点，可能是他们斗不过人类的弱点。人为万物之灵，头脑比较发达，于是想出结党营私的邪恶路径，其手段心术，皆远超各路鬼蜮。

199

人可"万物皆备于我"。这万物，既包括虎豹蛇蝎，也包括妖魔鬼怪。所以人可能既拥有狮虎的凶残，蛇蝎的毒辣，猪狗的卑贱，狐狸的狡猾，还可能拥有妖魔的善于伪装善于欺骗等伎俩。人的自救之所以难，就难在必须排除万物积淀于人身上的种种特性，既要清洗动物性，又要剔除妖魔性。

200

《论语》中的小人、贼人，在孔子心目中也是妖魔，只是命名与《西游记》不同而已。妖魔鬼怪的特性首先与"小人"相似，喜欢叽叽喳喳，喜欢骗人，喜欢耍小伎俩，不老实，不道德，不正派。《西游记》中的妖魔，除了具有"小人"诸特性外，还有一个"小人"所没有的共同脾气，即喜欢占山为王，占洞为穴，以山洞为根据地去夺人生命，制造事端。

201

孙悟空本事非凡，无所不能。但他也有一种与贾宝玉相似的精神品格，就是没有世俗世界中世人所具有的那种嫉妒的生命机能，也没有算计机能、欺骗机能、贪婪机能、报复机能等。这位英雄既勇猛又纯粹，既高大又高尚。所以人人爱，人人倾慕。

202

《红楼梦》到处是爱情与爱情之美。倘若没有恋情，《红楼梦》就大为减色。它不仅写了恋情，也写了亲情、友情与世情，而《西游记》中则全然不写爱情，只有师情与世情，但两种情感都写得极为动人。孙悟空对师父唐僧始终不离不弃，不叛不舍，尽管师父误解他，委屈他，对他使用紧箍咒，甚至把他逐出队伍，他仍然热爱师父，保护师父，和师父一路走到底。这除了从理念上孙悟空知道师父引领的路是正确的路之外，这位英雄还不忘自己当初是如何走出五行山的，也知道师父所做的一切都是出于大慈大悲，也都是为了他好。

203

既然什么都看透，既然四大皆空，那么，为什么还那么看重经典经书？其实，真正的哲学难题是看透一切、看空一切之后还得活，那么怎么活法？还要不要有所作为？要不要有所争取？唐僧既然看透一切归空，那么，他不顾千辛万苦奔赴灵

山，是否有必要？唐僧看透了一切之后，还在争取
意义。

204

《红楼梦》的基调为优美；《西游记》的基
调为壮美。前者典雅，后者崇高。美学风格虽不
同，但两部小说都有大慈悲，均佛光弥漫。《红楼
梦》告诉人们，若要解脱，唯有放弃（放弃功名利
禄等妄念）。《西游记》则告诉人们，若要摆脱苦
海，唯有拼搏。二者都有道理，只是《西游记》更
积极。人类的儿童时代，不应太早学佛，但可读
《西游记》。

205

　　《红楼梦》是悲剧，《西游记》是喜剧。前者书写有价值的生命一个个死亡与逃亡，后者书写千钧棒把无价值的生命（妖魔鬼怪）一个个摧毁，也把冒充生命之王的天皇海帝一个个嘲弄，真让受尽折磨与苦难的中国人赢得一个开心开怀的瞬间。《红楼梦》中有许多眼泪，《西游记》中没有眼泪。然而，没有眼泪的笑也帮助苦难的中国人在被奴役中活了下来。

206

　　唐僧与孙悟空为人类展示了一种心灵方向，这不是功利之心与功名之心的方向，也不是积财与发财的方向，而是童心与佛心的方向。童心指向纯正，佛心指向慈悲。人生再艰难，再复杂，还是应当不断地纯化自己，慈化自己。

207

孙悟空是强者，唐僧也是强者。孙悟空强在本领，唐僧强在信仰。一个具有坚定信仰的人，没有任何力量可以把他击倒，也没有任何命运可以把他征服。唐僧的信仰，使取经的团队一往无前，使孙悟空这样的超级英雄口服心服，也使猪八戒这样的世俗生命追求新梦。取经团队能抵达灵山赢得胜利，既靠孙行者的本领，更靠唐三藏的信念。

208

中国人长期只当石头，没有灵性，没有思想，没有生活，只任凭风吹雨打，酷日暴晒，也不会呻吟，不会抗争。贾宝玉与孙悟空通灵之前只是一块石头。通灵之后则有理想与价值观，很难任意由人摆布。当下中国人倘若也能通灵，赢得灵魂的主权，那就会有另一番人生。

209

唐僧师徒们虽然性情不同，本领有高下，而且常有冲突，但他们有个共同点，就是充满热情，即充满求索真理的热情。而且共同有一个目标，寻找西天的灵山，奔赴佛祖的故乡。热情有了，目标有了，他们就能战胜一切艰难险阻，天天辛苦而很有意义。

210

孙悟空、猪八戒、沙和尚，皆是假人假物。但在《西游记》中，却个个栩栩如生，非常真实。谁也不会批评小说胡编乱造。这是"假中见真"。而这部小说描写世俗世界时，如写唐僧的父母故事，仿佛是真人真事，反而"真中见假"。因为文学要的真实乃是真际而非实际，是神实而又非形实。孙悟空与猪八戒等，都是真际中的生命。

211

《西游记》的最大败笔，是讴歌以唐太宗皇帝为核心的世俗权力中心，让英雄（孙）与圣者（唐僧）也臣服于帝王的权威之下。连玉皇都不看在眼里的孙悟空，怎能乖乖地匍伏在皇家的脚下？这不仅违背全书的精神逻辑，也破坏了读者心中的真情真性。《西游记》凡是写到大唐宫廷繁华处或其他世俗升沉处，均不伦不类。

212

《西游记》的另一大败笔是对唐僧出身的描述。唐僧的父亲原是状元，因有水匪想霸占其妻（唐僧之母），便把状元推入水中而置死。其妻也不得不委身于匪，并把小儿唐僧放入水中漂流，后又被僧人救起磨炼成圣。而其死了的父亲却又复活。总之，故事十分离奇，令人难以置信。吴承恩本来可能是想说明唐僧出身不凡，成圣并非偶然。但是弄巧成拙，每个细节都很造作。这种画蛇添足的描写，纯属杜撰。

213

猪八戒这个形象，低级欲望中也有高级信息。他代表着人的欲望。欲望有高低之分，他的欲望较为低级，只知吃喝嫖赌，缺少精神信念，社会中有一部分人正是这样，只求口香肠肥，不知品相，有吃有喝有色就好。但八戒又崇尚唐僧，追求进步，这个形象虽可笑，但可爱，因为他真实。

214

唐僧师徒是个小社会。它是精神集团，不是功利集团。这个小社会由四种生命组成。一是英雄（即精英），由孙悟空呈现。二是低端人口，由猪八戒呈现。三是中产阶级，由沙和尚呈现。四是精神领袖，由唐僧呈现。这是社会的四维空间，缺一不可。没有沙和尚，社会得不到调节，很难和谐。

215

人性中带有神性，孙悟空与唐僧均处污泥（人间）而不染，皆不痴不贪不私不邪，这便是神性。而如来佛祖与亲信弟子伽叶、阿傩，则身处人间也染上人类恶习，公然向唐僧们索取礼物，神性中也显露人性的弱点。这是《西游记》对人性与神性的认知，既不承认人性的纯粹性，也不承认神性的纯粹性，非常深刻。

216

什么是社会？《西游记》告诉我们，社会便是三教九流，人神混杂，鬼神混杂，人妖混杂。大社会中有玉皇，有龙王，有阎王，有佛，有菩萨，有圣僧，有人类，有妖魔鬼怪。而小社会（人类社会）也是如此，既有精英，也有糟粕，既有帝王将相，也有平民百姓，既有天才豪杰，也有人渣鬼怪。因此，企图横扫一切牛鬼蛇神，企图建立一个绝对统一绝对干净的国度，肯定是妄念。企图用自己的存在方式统一全人类的各种存在方式，也绝对是妄念。唯有承认多元，唯有宽容与慈悲，才符合社会本质。要求社会纯粹又纯粹，就会导致"专制"。

217

孙悟空渴求的自由，不是人间社会的那种物质性的人性自由，例如恋爱自由、婚姻自由、居住自由、行走自由等等，而是不受时间束缚、不受生死束缚、不受轮回束缚、不受天地束缚的精神性自由。这是现实自由之外更高级的神性存在的自由，人类文学史上从未有过这样的作品。

218

时行的存在主义哲学可以解说贾宝玉，但不能解说孙悟空。孙有人的特征，但不是纯粹人的存在，他亦天亦地，亦人亦神亦妖。他不会死，没有存在主义"向死而生"的问题。他不在乎财富、权力、功名等，没有存在主义所讲的"烦"。他本领极度高强，天上地下全无敌手，没有存在主义所言的"畏"。《西游记》中有一种比人类终极关怀更深刻、更重大的关怀，这也许可称为佛家的无限量关怀。

219

　　孙悟空焦虑的不是计时间的生存问题，而是超时间的存在问题。他想长寿，说穿了，是想超越时间。《西游记》把佛描述为一种超时空的巨大存在。这是人的向往。佛教本来没有人格神，但在吴承恩笔下，如来佛祖、观音菩萨都成了人格神，他们立足于天地之间，全知全能，千变万化，可除妖魔鬼怪，可救苦救难。从文学上说，这是发明，即发明佛祖及观音诸形象，但从宗教理性而言，这又是夸张，即把佛高度神化，夸大了佛的功能。

220

　　文学的基点是真实，书写人性的真实与人类生存处境的真实，才是文学的出发点。然而，什么是真实呢？真实不等于真人真事。《西游记》唐僧的原型唐玄奘，确有其人，他到印度取经，确有其事，但他绝对不可能带着猴身、猪身等半妖半人去取经，可是，我们读了《西游记》，却从深层上了解了唐玄奘西天取经的真实，路途艰险的真实。孙悟空大闹天宫，也非真事，但我们却感受到他的精神反叛，正是我们的内心向往。我们何曾不是反抗专制压迫压抑的孙悟空？那些维持不自由不平等制度的玉皇龙王威风赫赫，不正是应当嘲笑一番吗？

221

　　无论是塑造孙悟空、唐僧、猪八戒等，还是塑造玉皇、如来、观音菩萨等，或是塑造白骨精、铁扇公主、红孩儿及众多妖魔鬼怪，都是吴承恩对世界对人性的一种认知。在西方，米开朗基罗通过画笔塑造了上帝，把人放入了天堂，上帝与人都那么丰富。他之后，但丁又塑造了地狱，众生相都在地狱中展示，这是米开朗基罗和但丁对世界对人性的认知。吴承恩从天上写到地上，他笔下的天庭、佛国与妖魔世界，还有唐僧这个圣人和孙悟空这个英雄，都是他所理解的宇宙与人间。他之所以了不起，乃是提供一种超越中国文化框架的全新视野。

222

《西游记》只描述妖魔的个体，未曾描述妖魔的国度。中国古书中写过鬼国，但未写过妖魔国。妖魔国除了必须有妖王魔王（这类角色《西游记》中倒是有，如牛魔王）、妖民妖众（这类角色《西游记》中虽有，但太稀少，构不成国民），此外还必须有妖魔统治集团，集团中有各级臣子官员狼狈为奸、巧取豪夺。关于这一种国家特色，《西游记》缺少描述。倒是玉皇治下的天庭和龙王治下的海庭较像国家，孙悟空所蔑视的天宫，有皇上，有臣子，有将帅，有美女，有美食，有军队，有罪犯，有天规，还有天蓬元帅调戏嫦娥的严重事件，以及拥有吃仙桃特权的利益集团。可惜《西游记》尚未写明玉皇龙王等有多少嫔妃以及他们的独断独裁。

223

妖魔比人更厉害的地方，一是更凶悍，孙悟空都打不过，甚至与八戒、沙僧联手都打不过。二是比人更善于变形，更善于伪装。第二点是妖魔的深层本质。因此，社会中那些善于伪装、善于巧言令色、善于阴谋诡计的人，都比较接近妖魔，或者本身就是妖魔。

224

国家系双重结构之物。一重为实体结构，一重为精神结构。前者以权力中心为主，后者以文化为主。《西游记》中的唐太宗呈现实体结构，而唐僧则呈现精神结构。唐太宗是表层的，暂时的；唐僧则是深层的，永恒的。唐僧比唐太宗更有分量。可是吴承恩没有摆脱习惯性的价值逻辑，让唐僧口口声声自称"御弟"，把自己变成帝王的使者，这是巨大的价值颠倒，也是《西游记》的根本局限。

225

古希腊史诗有《伊利亚特》与《奥德赛》两部，前者象征人生的"出征"，后者象征人生的"回归"。二者是人生的两大经验模式，都很艰难。《西游记》只描述出征，未描写回归。可以肯定，回归之路同样千难万险，千辛万苦，同样会遭遇许多妖魔鬼怪。这是另一番故事，吴承恩留给读者自己去补充，去想象，去进行审美再创造，这才是聪明与智慧！

226

古希腊悲剧《俄狄浦斯王》的主角，因不认识自己的父亲与母亲，终于走上"杀父娶母"的宿命，为此，他憎恨自己，自戕眼睛。孙悟空本是石头，没有父亲也没有母亲。他只与天地独往来，为天地所生，也为天地所困，他的唯一悲剧，乃是作为天地之子，不可能挥洒天地赋予的全部灵性。这也是人类的普遍悲剧。

227

《西游记》展示的既不是黑暗世界，也不是光明世界；既不是古怪世界，也不是平淡世界。它展示的正是现实世界。这世界，既有圣贤

（如唐僧等），也有妖魔（如白骨精等）；既有英雄，也有俗众（如猪八戒等）；既有神明，也有鬼怪；既有统治者，也有被统治者；既有劳心者，也有劳力者；既可希望，也能绝望；既有真精华，也有假货色。……世界并非清一色，也非纯粹阁。因为鱼龙混杂，神魔并置，人妖同在，这世界才生动活泼。

228

猪八戒和孙悟空走在同一条路上，师弟与师哥前后只有一步之遥，八戒始终不知道，这一步，是一千里，一万里。他们之间的差距是天地之差，霄壤之别，所以八戒始终不知敬佩身边的师哥。这种情形使我们想起日本著名作家芥川龙之介

（1892—1927）的名言："天才和我们相距仅仅一步。同时代者往往不理解这一步就是千里，后代又盲目相信这千里就是一步。同时代为此而杀了天才，后代又为此而在天才面前焚香。"

229

风吹，雨淋，雪击，浪打，山崩，路断，雷震，电劈，崖陡，谷深，等等。唐僧师徒经受多少这类平常性艰难？这一切艰难，《西游记》几乎一字不提，不在话下。他们遇到的灾难是魔鬼想吃他们的肉，是妖怪想喝他们的血，是蛇蝎想夺他们的命。妖魔鬼怪的阻拦和企图，才是真正的艰难险阻，唐僧师徒迎战的不是小艰险，而是大艰险。唯战胜大艰险，生命才得以飞升。

230

《西游记》有一种贯穿性的哲学，也可以说是一以贯之的哲学，这就是变易哲学。诸物、万物都会变，神会变，人会变，妖魔也会变。孙悟空会变，猪八戒会变，众妖精也会变。《西游记》的变易哲学很彻底，其彻底性表现为认定妖魔也可以变。《西游记》中的妖魔是一个十分丰富复杂的系统，妖魔、妖怪、妖精、妖星，五花八门，仅妖精就有蝎子精、蜈蚣精、蜘蛛精、玉兔精、白骨精等，这些妖怪均有来历，而且神通广大，孙悟空常常打不过，需请观音菩萨，请天神、佛灵、佛祖帮忙。最了不起的是，《西游记》总是给妖魔提供出路，暗示读者：没有永远的妖魔，没有永远的敌人。

231

《红楼梦》弥漫着贵族精神，《西游记》则磅礴着平民精神。大闹贵族秩序，大举为民除害，知其不可为而为之，都属平民向往。周作人把平民精神界定为求生精神，把贵族精神界定为求胜精神，未必妥当。孙悟空作为平民典范，他既求生也求胜。

232

孙悟空作为一块奇石，通灵之后，其生命起点是神魔，其终点是佛。他止于佛了吗？不，被封佛之后他立即想到去紧箍咒，去咒之后他还会有所作为。自由没有止境，孙悟空的生命也没有终点。

233

《西游记》让我百读不厌，百看不厌，百思不厌。因为它与人生紧密相连。唐僧使人严肃，孙悟空使人勇敢，猪八戒使人快乐，沙僧使人平实。整部小说使人积极。文学，毕竟应以"带给人类力量"为上。人生辛苦，充满重负，需要力量。

234

《金瓶梅》写实，《西游记》写幻，但二者都抵达"真"的高度。文学之真，既可以"实际"抵达，也可以"真际"抵达，殊途同归。文学最自由，这也是一证。政治就不可着幻，历史、新闻等也不可着幻。科学本也不可入幻，但科幻小说最近正在兴起，但它毕竟是文学，并非科学。

235

彼一《石头记》，《红楼梦》，一开篇就连接《山海经》，说明主人公贾宝玉通灵之前原是一块女娲补天时被淘汰的石头，在天边"自怨自艾"。此一《石头记》，《西游记》，来路虽未与《山海经》的故事直接相连，但其精神也是女娲、精卫、夸父．刑天等《山海经》英雄的原始精神，即"知其不可而为之"的精神。天不可补，海不可填，太阳不可追逐，但他们偏偏要去补，要去填，要去追逐，偏要去那里寻找经典与真理。

236

人是极丰富的大概念。用科学的语言说，有生物学意义上的人，社会学意义上的人，宗教学（灵魂学）意义上的人。用玄学的语言说，人又可分生存层面的人，存在层面的人。一般地说，把人定义为"社会关系的总和"没有错。但以此定义描述孙悟空又太狭隘。他既是自然关系的总和，也是宇宙关系的总和。

237

中国的男人（尤其是暴发户）有多粗糙、粗鄙、粗俗，看看西门庆与猪八戒就明白。猪八戒较之西门庆，其可爱之处在于他不与官府结盟，不贿赂权贵，不取媚帝王，而且还同情取经事业，甘为唐僧效劳。猪八戒于粗鄙中有向上追求，西门庆则一路粗鄙到底，直到死亡。

238

《西游记》为中国人展示了一种伟大道路，这是求索真理的道路。这条道路异常艰辛，即使求索者本领高强，德性纯洁，也必须历经千辛万苦、千磨万炼，而且一定要冲破妖魔鬼怪所设置的各种障碍。求索真理无功利可言，却要求寻找者献出全副身心。

239

梁山英雄，《水浒传》中的一百零八将，除了鲁智深之外，均不可能成为唐僧之徒，即未能走向取经之路。他们共同崇尚的是"龙位"，而不是"经书"。唐僧师徒，万里打拼，千辛万苦，求索的是佛经，而李逵武松等虽也浴血奋战，不屈不挠，但目标只是夺得帝位。宋江只反贪官、不反皇帝，但也用尽机谋与皇家较量，杀人无数。嗜血者喜《水浒》，畏血者喜《西游》。

240

金角大王与银角大王这对妖魔，虽然和孙悟空进行死战，但孙悟空知道他们原是太上老君身边两个看炉的仙童，就放他们一马，让他们随太上老君回到天上。还有那个在火云洞里兴风作浪的红孩儿，自称"圣婴大王"，系牛魔王与铁扇公主之子，声言要活捉唐僧，要让其父吃唐僧肉。孙悟空与他打得筋疲力尽，倒在水中，失去知觉，连去求救观音都没气力，只好让猪八戒去请。途中，红孩儿又化作假菩萨作恶，把八戒骗到火云洞装入袋子准备宰吃。对于这样一个死敌，制服后还是让观音收他为善财童子，带入云霄。给妖魔以还原，即给妖魔以出路。连妖魔都有出路，更何况人？

241

《红楼梦》是一部女性的书，《西游记》则是一部男性的书。《红楼梦》讴歌女性，崇尚女儿

（未嫁的少女），智慧的高峰也由女性担当。主人公贾宝玉更是少女的崇拜者，他只向以女儿为主体的净水世界靠近，却尽可能逃离以男人为主体的泥浊世界。而《西游记》则讴歌男性。从英雄孙行者到圣者唐三藏，到徒弟猪八戒与沙和尚都是男性。世界是他们支撑的，真理是他们找到的，困难是他们克服的。而女性，好则如西梁国女王，只一心想与唐僧结为夫妻；坏则是恶毒的妖魔，如白骨精白骨夫人和铁扇公主牛魔王之妻，她们不仅善于伪装，而且喜欢吃人。唯一美好的女性形象是观音，但她是神，不是人。

242

唐僧和贾宝玉均佛性极高。他们俩的心目中，都没有敌人，也没有坏人，甚至也不知道有假人会说假话。贾宝玉完全听信袭人和刘姥姥哄他的故事（一个骗他哥哥嫂嫂要她回家，一个编造雪中美姑娘冻死成神），唐僧也不信伪装为乡村姑娘的妖魔是白骨精，屡次受骗，还错怪孙悟空。贾宝玉和唐僧的弱点是可以原谅的深刻的弱点。

243

最苦的，最乐的，最热的，最冷的，最红的，最黑的，最美的，最毒的。无论什么环境，无论怎么极端，他都能经得住考验，也都不愧是铮铮巨汉，这就是孙悟空。天堂里他横行无阻，但不调戏嫦娥与摘仙桃女子。地狱里他捣毁魔洞，扫除妖巢，也从不谋私。什么是英雄？孙悟空以身作答，以身作则。

244

看到猪八戒，就想起苏格拉底关于"猪的城邦"的警示。人类如果都像猪八戒那样生活，以吃饱喝足和占有情色为一切，不知生活还有更高尚的东西，那就会陷入猪的城邦。《红楼梦》的薛蟠、贾蓉、贾琏等，基本上属于"猪城邦"中人。猪八戒为了从猪城邦中走出来，才加入唐僧的取经队伍，但薛蟠等却完全不知自救。

245

　　唐僧们以为走到灵山，取了经书，这些经书便可普度众生，拯救世界。他们没想到，灵山也要索取他们的礼物（人事），即也无法超越功利。这真是净土不净，极乐不乐。连佛地都不干净，怎么期待佛能救治世界与改造世界？小说最后这一笔，是极深刻的一笔，它提醒人们，灵山也并非光明的所在地。光明在哪里？光明只在我们自己身上。

246

　　要说浪漫主义，《西游记》才算真浪漫，它不仅展示天庭、地狱、海殿，而且展示神仙世界、魔怪世界。其主人公上天入地，腾云驾雾，完全生活在天地宇宙境界中，整部小说，人性、神性、魔性交叉磅礴，佛力、人力、鬼力相互较量，魔幻、仙幻、梦幻全都上场。相比之下，《西厢记》等只能算小浪漫，《西游记》才是大浪漫。

247

从表面看，孙悟空的精神类似堂吉诃德，一往无前，知其不可为而为之。实质上，二者还是很不相同，堂吉诃德毫无目标，也无任何需求，唯一牵挂的是他的虚设情人杜尔西内娅，做了什么事，都要向她汇报。而孙悟空则有"灵山"目标，也有求索经典的使命。两部作品都是伟大的喜剧，但《西游记》带有更多的东方的儒家特点。再顽皮，也不离家国使命。

248

《西游记》和《红楼梦》都对名利之徒表示公开的蔑视。《红楼梦》通过《好了歌》嘲讽"世人都晓神仙好，惟有功名忘不了"。《西游记》则通过孙悟空说："世人都是为名为利之徒，更无一个为身命者。"所谓"身命者"，即自我实现者。孙悟空就是一个不知何为名利而求自我实现者，包括实现自我的自由，自我的本事创造，自我的齐天齐道齐佛理想。

249

观音菩萨，在《西游记》中是个大慈大悲的女神。她本事高强，但唯一的武器是水。她手提一个小瓶，瓶中只有水。这水，能灭火，能救生，能驱魔灭怪，能使万物复苏，还能帮助唐僧、孙悟空扫清前行的一切路障。老子在《道德经》中说，上善若水。不错，观音不仅形如水，心也如水。水至柔，但它克服了一切至刚至坚，最有力量。

250

人妖之间，神魔之间，只有一线之隔。人与妖，人与魔的相互转化，往往只在一念之中。人，一旦欲望燃烧，狂妄无度，就会变成妖魔。何为妖魔？欲望无度、野心无边的人便是妖魔。而妖魔也可以转化为人，佛教认定，人一旦放下屠刀，便可成佛，当然，放下屠刀更可成"人"。然而，放下屠刀之后还要放下过分的欲望，返回平常之心。

251

　　孙悟空历经无数次战斗，但他没有胜负观念、输赢观念、成败观念、得失观念，因此也没有胜利感、凯旋感、成就感，更不会为胜利而趾高气扬。他立下无数战功，但不知何为"立功"。他最率真、最诚实、最正直，积下许多德行，但不知何为"立德"。他只说真话，只言由衷之言，一切声音全是天籁，但不知何为"立言"。孙悟空无须刻意追求"三不朽"，所以没有任何精神锁链而赢得大自由。

252

《西游记》中的诗，相当粗糙，大体上是一些打油诗，远远无法与《红楼梦》中的诗相比。《红楼梦》诗每一首都精彩，都有很高的审美价值。《西游记》诗虽大为逊色，但整部作品却弥漫着诗意，这是雄伟的诗意，勇敢的诗意，顶天立地挑战权威的诗意，争取自由和求索真理的诗意。

253

《列子》的"周穆王第三"提出"化人"概念，说此种生命，可"入水火，贯金石，反山川，移城邑"。依此定义，孙悟空正是"化人"。所谓"化人"，便是千变万化之人。孙悟空正是能够入水火、善于千变万化的生命。列子心目中的"化人"，与庄子的"真人""至人"相似，既有人的特征，又超越人类的局限。人是会变的，但无法像孙悟空那样变幻无穷。用"化人"这一概念描述孙悟空，甚为恰切。

254

吴承恩书写孙悟空的英雄性，但没有把这个英雄写成"高大全"。他也写了孙悟空的局限性，例如多次打不过妖魔，只好去请观音菩萨和其他天神菩萨帮忙，求佛求神时也不得不低声下气。有这些弱点和局限，使孙悟空形象更真实更可爱。

255

唐僧的武功，不仅远不如孙悟空，而且也远不如猪八戒与沙僧，但孙、猪、沙等都服他，敬他，爱他。因为他身上有一种比武功更了不起的魅力，这就是他的大慈悲精神。

256

孙悟空与贾宝玉一样，均属天外来客。要问"你从哪里来？"只能说"从天外来"。《红楼梦》的主角贾宝玉、林黛玉并不承认贾府是他们的故乡。尤其是林黛玉，她不仅有相思病，而且有乡愁病。但孙悟空从未有过乡愁。乡愁，乃是一种病痛，甚至是一种锁链。孙悟空也没有世人的种种陋习与恶习，如对金钱的迷恋和对权力、功名的迷恋等等。孙悟空身上有种精彩的悖论，即既无所畏惧，又有所畏惧；既天不怕，地不怕，妖不怕，魔不怕，鬼不怕，却又有点怕"紧箍咒"，即害怕佛的权威。正因为他无所畏惧，又有必要的敬畏，所以才完美。

257

人和鬼（妖魔）都求寿（长命），可见妖魔鬼怪也有时间观念和死亡观念。其区别在于，人通过价值创造（意义创造）去超越死亡，而妖魔鬼怪却想通过吃唐僧肉而不朽，即通过想入非非损人利己而争取万寿无疆。

258

企求活命长命，这是一切生命的本能，连孙悟空也走出花果山去寻求长寿妙法。然而，所有英雄与成功者都明白，人生在世，不仅应当持有"活命哲学"，还应当高举"拼命哲学"，既吸收"无为"之教，不求身外功利，更应认定人生即拼搏，知其不可为而为之。孙悟空的生涯，便是知其不可为而为之的壮丽过程，并非"活命哲学"主宰的故事。

259

孙悟空的一生，既是轰轰烈烈的一生，又是兢兢业业的一生。大闹天宫自然是轰轰烈烈，取经路上则是兢兢业业。无论是挑战权威还是履行责任，他都是英雄加赤子，既无比英勇又无比单纯。中国人常有纷争，但都爱孙悟空，这一共同点，使中国拥有未来。

260

中国民间智慧提醒国人，少不看《水浒》，老不看《三国》。但我要说，《西游记》则老少皆宜，少时多多阅读前半部（被压五行山之前），学习孙悟空的勇敢，有胆量齐天，有气魄挑战玉皇龙王。晚年多多阅读后半部，领会师徒结构，领会佛在自身，领会战胜心魔以总结人生。

261

所谓"火眼金睛"，并不是它能看得"远"，而是它能看得"透"，即能穿透一切假象直逼本质。孙悟空就能看出山不是山，水不是水，美女不是美女，还以山水真相（洞穴），更还以美女乃是妖魔的真面目。西方的现象学，正是呼唤人们要有一双火眼金睛，避免被概念和经验所遮蔽。

262

悟空悟空，如何悟到空？最难的不是悟到四大（生老病死）皆空，而是悟到灵山也空，佛祖也空，空空如也！即唯有自己的心灵不空，光明就在自己身上，佛就在自己心中。佛教的本义正是说，心外的一切均无实在性，一切都被心灵状态所决定。

263

第三十九回，孙悟空与猪八戒，师哥与师弟，二者都要给乌鸡国的前国王（被推入井中，已死三年，尸体尚存）度气，以求复活。但唐僧选择孙悟空，不选择猪八戒，其理由是猪八戒自幼就吃人，一身浊气，而孙悟空只食花果，一身清气。此时，这对师兄弟，其清浊之分，才正式道破。《西游记》除了展示师徒结构之外，还展示了兄弟结构。师徒一英（唐）一雄（孙），兄弟则一清一浊。英与雄互补，清与浊并置，既呈现了性情的丰富多样，又呈现世间的复杂真实。师徒结构蕴含着

自由与限定的哲学，兄弟结构则蕴含着真谛与俗谛
的道理。

264

　　蝎子精住在毒敌山琵琶洞里（昴日星官现出
大公鸡本相帮助孙悟空制服蝎子精）。铁扇公主
住芭蕉洞。太上老君身边看炉的两个仙童，变成金
角大王银角大王（偷用老君五宝：葫芦、净瓶、金
绳、扇子和七星剑）。黄袍怪住波月洞（宝象国之
难），怪有宝丹，含在嘴里法力无边（天上奎木狼
星下界）。可见，凡是妖魔鬼怪，都有洞穴，即都
有藏身之所和可供阴谋策划之密室。

265

禅宗六祖慧能的著名诗句是"本来无一物，何处惹尘埃"。生命的过程总是从无到有又从有到无，开端是无，结束也是无。孙悟空尽管本事无可比拟，但也逃不出从无到无的生命逻辑。他原先只是一块石头，这是无。后来成佛，也是无。"古今将相在何方？荒冢一堆草没了"（《好了歌》）。今天我们问，当年老孙的身躯在何方？也是"荒冢一堆草没了"。但是，作为一颗心灵，其心跳，其精神，却不灭不衰，永远被历史所记忆，所传诵。

266

拙作《性格组合论》中说，孙悟空的性格，由于具有与崇高因素相对照的怪诞因素，便显得更加丰富。鲁迅说，《西游记》中的"神魔皆有人情，精魅亦通世故，而玩世不恭之意寓焉"。鲁迅举了孙悟空大败于金𬓨洞㞦怪，失掉金箍棒，因谒玉帝，乞求发兵收剿一节，说明《西游记》表现了孙悟空的人情美。孙悟空在失败之后，为了救师父，不得不谦恭地请求过去并不看在眼里的"玉帝老儿"，"伏乞天尊垂慈洞鉴，降旨查勘凶星，发兵收剿妖魔，老孙不胜战栗屏营之至！"在旁边的葛仙翁取笑他说："猴子是何前倨后恭？"行者道："不敢不敢！不是甚前倨后恭，老孙于今是没棒弄了。"这里表现出孙悟空的爱师的人性，也表现出孙悟空身上的局限性。林语堂在分析孙悟空的形象时说："最可爱最受欢迎的角色，当然是孙悟空，他代表人类的顽皮心理，永久在尝试着不可能的事业。他吃了天宫中的禁果，一颗蟠桃，有如夏娃吃了伊甸乐园中的禁果，一颗苹果，乃被铁链锁禁于岩石之下受五百年的长期处罚，有如盗了天火而被锁禁的普罗米修斯，适值刑期届满，由玄奘来开脱了锁链而释放了他，于是他便投拜玄奘为师，担任伴护西行的职务，一路上跟无数妖魔鬼怪奋力厮打战斗，以图立功赎罪，但其恶作剧的根性终是存留着，是以他的行为的现行表象一种刁悍难驭的人性与圣哲行为的斗争。"孙悟空这个形象之所以会成功，确实是因为作者并没有把他写成纯粹神或纯粹魔，而是具有动物外形又兼有神性与魔性和人性。他的性格，既有"圣哲"性的崇高，又有"人性"的滑稽和怪诞。他的崇高可与普罗米修斯相比，而他的"刁顽"又是完全奇特的，他甚至可以化作小虫儿钻入铁扇公主的肚子里，叫具有强大本领的妖魔受不了。而对待神仙，他也总是用怪诞的方式开他们的玩笑。这样，在孙悟空的性格中就构成一种崇高因素与怪诞因素的二重组合。与孙悟空比较，沙僧的性格就缺乏二重组合形式，似乎是理念的符号。

267

人的聪明，可上升为智慧，可下降为精明，甚至可堕落为狡猾。鲸鱼和狐狸都很聪明，孙悟空和猪八戒也都很聪明，孙悟空的聪明展示为"付出"，猪八戒的聪明则表现为"占有"。一个是大聪明，一个是小聪明。大聪明可化为高超的武艺，小聪明则常化为占小便宜的伎俩。脊梁式的英雄，都是大聪明者。他们不仅不懂得生存策略，而且有点呆傻，孙悟空正是这种生命。

268

　　孙悟空通灵之后，占据花果山为王。他聪明过人，很快就明白虽然花果满山，但他的生命有限。他决定出外求道，原是求索长寿之道，可是菩提祖师无法授予此道，他虽然学到一身超人本事，却无法学到超死亡的秘诀。尽管他吃了人参果，捣毁阎罗殿，抹掉生死簿，成了"斗战胜佛"，也斗不过死神，终得一死。这是大英雄的悲剧，但《西游记》的作者不敢正视。

269

印度的佛教传到中国，便中国化为禅宗。禅把佛进行改革，一是把佛由繁化简；二是把佛从外转内。第二项把一切取决于内心，佛即心，心即佛，心灵状态决定一切，明心见性胜过高头讲章。人心黑暗，便走火入魔，人心光明则上升为神。为主为奴，为神为妖，全取决于自己。

270

人妖之间，神魔之间，只有一线之隔。人人都恨妖魔鬼怪，却少有人知道，人群中就有许多妖魔鬼怪。贪婪过度，苛求过度，专横过度，粗暴过度，虚假过度，人就会变成魔。人们常提醒自己，不要越过底线。这底线便是人妖之界，一旦越过做人的道德底线，就走入魔界、妖界、鬼界。

271

孙悟空给中国也给人类世界提供了两大生命奇观，一是"大闹天宫"，二是取经路上"大扫妖魔"。前者是勇敢的极致，后者是坚韧的极致。康德的著名文章《何为启蒙》，把启蒙的重心归结为激发勇气去运用理智。孙悟空永远启发着中国人，要做成任何事业，除了知识之外，还需勇敢与坚韧。

272

　　我从小喜读《西游记》，读高中一年级（15岁）时，就从《西游记》中领悟到三个人生要义：一、取经之路也就是求索真理之路，没有捷径可走。唐僧师徒走了千山万水才抵达灵山。二、取经之路绝不平坦，除了坎坷曲折之外，还有妖魔鬼怪的重重阻拦。三、人生之路再多艰难险阻，只要有个高尚目标，就可以胜利地走到终点。

273

　　万里取经路上，没有功名，没有功利，而且充满危险，充满艰辛，充满牛鬼蛇神，但还是有唐僧这类"傻子"走上这条路，而且一直走到底。这便是人类之所以不会灭亡的原因。

274

英雄的功夫练到最后应练出一种傻劲，即不知计较、一味向前的傻劲。孙悟空身上就有此种傻劲。庄子所讲的"混沌"，就是这种傻劲。孙悟空不是傻子，他极度聪明，但不知得失，手中心中皆无算盘。

275

梁启超在百年前就说，没有新小说，就没有新国民。可是他心目中的新小说只有西方名著，没有中国经典。其实，要造就新国民，依据《红楼梦》与《西游记》也可以，那就是要缔造孙悟空的勇敢、贾宝玉的善良、唐三藏的慈悲、林黛玉的智慧等。

276

青年时代，应当师法前期孙悟空，敢打敢拼，天不怕，地不怕，玉皇龙王阎王全不放在眼里。中年时代，应当师法后期孙悟空，不怕千辛万苦，不怕妖魔鬼怪，一心只求真理。晚年时代，则可师法成佛后的孙悟空，他成佛之后不仅没有我相人相，而且没有佛相，只求去紧箍咒而得大自在。

277

出国之后，我在第二人生中又重读《西游记》，此次更是感悟到几个人生真谛。一、悟到想要赢得高强本领，一定要"破我执"与"破法执"，孙悟空的千变万化均来自冲破我相和诸法诸相。二、寻找光明，必得明白：光明不在外界也不在灵山中，而在自己身上。光明与自由都是自身的觉悟。三、千经万经，心灵才是真经。心正、心净、心觉、心明，才是上上等佛。

278

人间到处有高山流水，也到处有妖魔鬼怪。人生路途中到处有生活，也到处有陷阱。明知有妖魔，明知有陷阱，还是要不屈不挠往前走。走前无须任何成功的保票，走后不求任何世俗的奖赏。这就是唐僧师徒一行留给后人的根本启示。

279

人们只知道"经济萧条"的大现象，却往往看不到"思想萧条"的大现象。整个明代，文字狱猖獗，东厂横行，科举教条日盛。此时此代，吴承恩著《西游记》，给中国人提供一种大思路，这就是反抗专制秩序的思路，化干戈为玉帛的思路，心向慈悲的思路。

280

几千年来，多少帝王将相，多少天才能人，扬言要重整山河，改造世界，然而，中国还是中国，世界还是世界。那么，唐僧师徒取了经书之后，中国与世界是不是就能完全改变呢？可以肯定，中国有了经书之后，阿Q还是阿Q，未庄还是未庄，皇上还是皇上，百姓还是百姓，老板还是老板，奴隶还是奴隶。

281

佛教倡导破我执和破法执。破法执，应是破一切法执，那么，这包括破佛法吗？倘若要彻底，当然也需破佛法。《西游记》的结尾写了尽管佛法无边，但佛也具有人性弱点（公开索取礼物），不可迷信。吴承恩写佛，又超越佛，这才了不起。

282

中国家长们都教育孩子要"听话"，要当"乖孩子"。而《西游记》一反习惯性思维，偏偏写了一个顶天立地又不听话的大英雄，既不听龙王的话，也不听玉皇的话，只顺从内心的绝对命令。其实，没有一个人才、天才是"乖孩子"，但一定是独立不移的好孩子，即不是逆来顺受的奴才之子，而是敢于挑战的热血赤子。

283

破了"我执"，孙悟空才能七十二变，才能接受观音与唐僧。孙悟空如果因为本领超群而执于"皇帝轮流做，明年到我家"的妄念，就会蜕化为野心家、统治者，而成不了"斗战胜佛"。

284

穿越火焰山固然很难，而穿越女儿国更难。女儿国国王真心爱上唐僧，她美丽而多情。穿越火焰山，必须具有智力，方能战胜铁扇公主，穿越女儿国则靠心力。能见绝色女子而不动心，能遇荣华富贵而有力量放下，这不是武力、智力可以做到的。它需要心灵的定力、毅力和信仰力。唐僧正是依靠自身的心力，战胜了诱惑，走完了自己的取经之路。

285

唐僧在未出发之前，就可在长安讲经论典，其学问可谓"满腹经纶"。而孙悟空由石头而变，不知诗书。猪八戒、沙和尚、白龙马等，更是目不识丁的文盲。然而，文化程度虽然不同，却可以为同一伟大目标走在一起共同奋斗。人既是生而平等，也可生而并肩比翼，不论知识差异。

286

孙悟空、猪八戒、沙和尚、白龙马均做了一次最重要的选择，即选择拜唐僧为师，伴随唐僧走上艰难之路。这一选择，意味着他们走向善，走向光明，走向意义。选择决定本质，他们的选择决定了他们乃是光荣、正确的生命。

287

生命的质量由眼睛的视野所决定。孙悟空拥有"火眼金睛"，说明他拥有他者所无的特别视野。这是天地视野、宇宙视野，而不是家国视野、民族视野、群体视野。孙悟空护卫师父，不仅用他的千钧棒，还用他的大视野。

288

《红楼梦》是我的文学圣经，《西游记》则是我的人生圣经。我的第一人生，与孙悟空相似，喜欢向权威挑战，喜欢质疑现存秩序，既不在乎地上龙王，也不在乎天上玉皇。第二人生又酷似这位孙行者，一路大战妖魔，特别是内心鬼怪，而且也接受"紧箍咒"，在争取自由中，明白需要限定与责任。

289

我在《西游记》中投下了爱。既爱孙悟空，也爱唐僧；既爱猪八戒，也爱沙僧与白龙马。对于妖魔鬼怪，我也有大悲悯，所以支持给出路。

我对《西游记》的解说，不仅借助于理性，还借助于爱。

290

谁有难就救援谁，何方有呼唤就到何方。这是唐僧师徒的慈悲原则。慈悲原则不分阶级，不讲地位，不论等级，一律给予慰藉和帮助。平民有求，他们总是见义勇为。国王有难，他们也加以拯救。这正是佛的立场，中道的立场。

291

文学的善，是绝对不欺骗读者。从这个意义上说，真便是善。所以文学除了无须政治、道德法庭之外，也无须面具。作品中可以有面具，但那只是嘲讽、掌玩之物，绝非作者态度。作家不可戴上任何面具。孙悟空、猪八戒、沙和尚，虽长得丑，但不戴面具。《三国》中人，也可以说是"面具中人"，主角全戴面具。人类的面具愈来愈精致。中国"高大全"英雄几乎全戴面具。最不堪的是《三国》作者与当代英雄塑造者本身也戴面具并欣赏"面具中人"。

292

只知吃饱喝足，不知何为格调，何为品相，这就是猪八戒。只知占有嫦娥，不知尊重嫦娥，这也是猪八戒。只有三流欲望，二流武功，却企图享受一流生活，这是八戒妄念。只见实利，不见精神，更无信念，这是八戒未能成佛的原因。猪八戒形象，不仅给人快乐，而且给人一面镜子。

293

不痴，不贪，不嗔，这是沙僧。无欲，无邪，无私，这是沙和尚。他没有孙悟空的巨大本领，但也没有猪八戒的恶习陋习，是平常人，平常徒，平常心。此种平实之徒，未被封佛，却也是正果罗汉，值得敬重。在取经的团队里，有他，才有团结，才有和谐。平实并非平庸，平和也非平庸。

294

白龙马，本是龙二代，龙公子，却俯首甘为圣者牛，一心追随求索真理的队伍，参与建立精神大业，为人类立下不朽功勋。这是海马，更是天马。不慕龙宫中的荣华富贵，却跟从唐僧去作万里跋涉，这种白龙马精神，更足以撼人心扉。这种自讨苦吃、自求实现、自力更生的白龙马精神，足以感天动地……

295

本领最高，眼睛最亮，责任最重，这是孙悟空。有心，有情，有勇，有识，这是孙行者。可是，这位《西游记》主人公，最宝贵之处，则是他的心性：酷爱自由，蔑视权威，独自挑战专制秩序；酷爱真理，蔑视妖魔，与诸兄弟护卫唐僧到西天取经。耐心、耐苦、耐劳，还耐委屈、耐苦战、耐折磨，不屈不挠。

296

心地最美，心性最善，心眼最真，这是唐僧。忠于信仰，忠于信念，忠于信徒，这是唐三藏。因为他呈现真、善、美，因为他集中大慈、大悲、大爱，所以赢得英雄爱戴，也赢得众望所归。他本身就是经，就是典，就是佛，就是禅。《西游记》不仅给读者提供了一个顶天立地的无敌英雄，还提供了一种感天动地的善良心性。

297

一心关怀民瘼，一心救苦救难，一心播种真理，这是观音菩萨。滴水扑灭火焰，滴水浇灭仇恨，滴水复活万物，这是观音功能。信徒们塑造她的形象拥有千千手，吴承恩塑造她的形象只有一双手。这双提小瓶清水的手，带给人间无尽的生机与希望。她走到哪里，就把福音福祉带到哪里。

298

　　中国的国民性问题，是居上层者，太多想当玉皇龙王，即太多玉皇梦与龙王梦，既可荣华富贵，又可号令天下，还有天兵天将与虾兵虾将保护。反之，又太少有人想当唐僧这样的圣者志士，既清廉寡欲，又辛辛苦苦地历尽坎坷追求真理。国民性问题，就下层而言，则太多猪八戒，即太多小聪明，太多自私自利自作聪明，而太少孙悟空，即太少大聪明，那种勇于担当、勇于挑战专制权威、勇于求索自由与真理的大聪明。

299

中国人的心灵字典里，没有"高贵"二字。猪八戒的意识中，也没有此二字。有吃有喝有漂亮女人就高兴，但高兴不等于高贵。当下许多高官权贵，也不知道这不是高贵，功名、财富、权力都不是高贵，唯有放下这一切而寻求真理与光明，真诚地为人类进步服务，自尊自立自明，那才是高贵。

300

两部"石头记"都写"幻"，但《红楼梦》写的是仙幻，呈现的是太虚幻境与四大仙姑；而《西游记》写的是佛幻，呈现的是释家灵山和诸多佛身。虽然都是"幻"，却又非常"实"。前者是闺阁女子的本真形象，超越主体。后者是佛山诸神的世俗形象，现实主体。因此，两部杰作可称为"仙幻现实主义"和"佛幻现实主义"。但都有大浪漫、大妖魔，称之为"魔幻现实主义"或"魔幻浪漫主义"也可以。比马尔克斯的《百年孤独》还早出五百年。"主义"是概念，生命是真实。两部经典的价值在于都写出人性的真实和神性的真实。

301

整部《西游记》告诉我们，抵达灵山，并非抵达地图上被称作"灵山"的那个点，也不是会晤如来佛祖的那个瞬间，而是抵达自由王国的巅峰，自由精神的制高点,也就是抵达"从心所欲，不逾矩"、思想飞扬而不需要"紧箍咒"的最高境界。万里跋涉，千山寻找，最后找到的是心灵自由的真理，那是自身的光明与自身对自由的觉悟。

2016年5月初稿，2018年8月完稿于美国科罗拉多